LÉGERS ARRANGEMENTS AVEC LA VÉRITÉ

Pierre CHRISTIN

LÉGERS ARRANGEMENTS AVEC LA VÉRITÉ

SUITES
Éditions Métailié
20, rue des Grands Augustins, 75006 Paris
www.editions-metailie.com
2011

ISBN : 978-2-86424-765-4
ISSN : 1281-5667

Pour F.

1. FRAGMENT DE VIE UNIVERSITAIRE

– À propos de l'organisation des examens…

– Flic !

– Organisation dont… euh… l'organisation doit évidemment être reconsidérée en interne…

– Kapo !

– Malgré l'interruption des cours, il est en effet indispensable que les épreuves…

– La moyenne pour tout le monde !

– Égalité partout, pour tous !

– Jamais le ministère ne laissera notre université…

– À bas la police de la pensée !

– Gestapistes !

– Non, attendez, les gens du ministère attendent simplement de nous que…

– Les casseurs, c'est pas nous, c'est eux !

– Nous devons impérativement préciser les délais dans lesquels se tiendront les écrits avant de…

– Les délais, c'est la chosification du savoir !

– L'écrit, c'est l'instrument de la discrimination !

– Maintenant que les opinions des uns et des autres se sont exprimées, je vous propose donc de passer au vote sur ce point de l'ordre du jour…

– Élections piège à cons !

– Afin que seuls les membres élus prennent part au scrutin nous allons faire fermer les portes…

– Et ensuite vous allez nous gazer !

– Auschwitz !

C'était Simon qui avait été chargé de mener la réunion, bien qu'il n'eût ni les titres ni la légitimité pour le faire.

Mais le président était hospitalisé pour dépression depuis deux semaines dans une clinique de la MGEN ; le premier vice-président se trouvait dans son lit avec une sciatique attrapée en essayant de protéger la salle des actes d'une intrusion de gars armés de battes de baseball surgis de nulle part ; le deuxième vice-président, le plus malin, chargé de l'international, était en mission aux Seychelles pour étudier l'implantation d'une antenne universitaire là-bas ; et le troisième vice-président avait pété les plombs le matin même malgré les tranquillisants dont il s'était bourré avant d'ouvrir le conseil. Il décantait sur un lit de repos installé dans un local très discret de la fac.

Les autres enseignants faisant partie de diverses oppositions opposées entre elles, et donc parfaitement imprévisibles, restait Simon, considéré comme un gentil garçon sans ennemis (sauf un qui ne comptait pas vraiment)…

Le vieux Canterel, agent de service à deux doigts de la retraite ayant connu des mœurs académiques plus courtoises, amenait l'urne en contreplaqué, pas mal esquintée au fil des ans et réparée grossièrement avec du scotch brun. Il eut à peine le temps de la poser sur le bureau, derrière lequel Simon faisait face stoïquement, qu'elle était empoignée par deux gaillards ressemblant plus à des haltérophiles qu'à des bibliophiles. Peut-être ceux qui avaient bousillé la salle des actes et le nerf sciatique du premier V.P. ?

En tout cas, un instant plus tard, l'urne vide était balancée par l'une des fenêtres ouvertes, ou plus exactement une fenêtre qui ne fermait plus depuis longtemps. Simon entendit un plouf. Les deux balèzes avaient bien visé et la caisse bricolée avait dû tomber dans le canal. Cette fois-ci, la pauvre chose rafistolée avait fait son temps et ne pourrait plus être recyclée par Canterel, qui restait là, les bras ballants.

Il y eut des bravos, deux ou trois applaudissements discrets émanant de collègues n'ayant jamais cru à la démocratie représentative et – sembla-t-il à Simon – quelques youyous vite étouffés. Mais il avait peut-être les oreilles qui sifflaient depuis des heures et des heures qu'il menait la réunion, sans être parvenu à aucun consensus sur aucun des sujets abordés. Celui des examens, évidemment le plus chaud, avait été astucieusement gardé pour la fin.

– La séance est levée, dit Simon.

C'était plus une constatation qu'une décision. Car personne n'écoutait plus personne, ce qui de toute façon avait plus ou moins été le cas depuis le début. On se levait, on s'ébrouait, on parlait dans des portables, on se roulait des cigarettes, on avait faim, on avait soif, on s'en allait.

Simon sortit à son tour et se retrouva au pied de l'amphithéâtre construit le long du canal, sur l'emplacement d'une ancienne usine à gaz. Il faisait gris et brumeux. L'urne défoncée flottait encore à quelque distance, dérivant tranquillement en direction de la frontière belge sans doute, de la Meuse peut-être, et qui sait, sous forme de débris guère plus gros que du plancton, vers la mer du Nord.

Il y eut une course précipitée derrière lui.

– Monsieur Saltiel !

Il se retourna. C'était Cromelatte, le chargé de com' de la fac, qui accourait en brandissant un papier.

– J'avais peur de vous avoir raté !

– Salut, dit Simon. Qu'est-ce que je peux faire pour vous ?

– Relire ça, s'il vous plaît.

– C'est quoi ? s'enquit Simon.

– Un communiqué pour l'édition locale du *Parisien* et pour le *Courrier de l'Ourcq*.

– Ça s'impose ?

– Absolument, monsieur, dit Cromelatte, sérieux comme un pape. C'est une question d'image de la fac.

Chargé de communication, c'était quelque chose de relativement nouveau qu'il fallait peut-être effectivement prendre aussi au sérieux que le prenait le garçon en costume trop serré qui attendait son avis. Simon lut donc :

UNIVERSITÉ DE PARIS XV (communiqué de presse)

Le calendrier intermédiaire dans le cadre de la semestrialisation de l'université du Val d'Ourcq est en voie d'élaboration définitive. Le CEVU (Conseil des études et de la vie universitaire) qui s'est déroulé aujourd'hui selon les procédures prévues a permis, seules les modalités pratiques des partiels restant désormais à fixer, de dégager des orientations qui déboucheront rapidement sur des annonces susceptibles de rassurer les étudiants inquiets pour la validation de leur semestre.

– Dites donc, ça ne va pas plaire à la coordination étudiante, ça, fit remarquer Simon.

– Ça correspond à la réalité des débats, monsieur.

– En quelque sorte, oui, si on veut, admit Simon qui n'avait pas l'air de trop y croire. Mais ils vont pondre un contre-communiqué.

– C'est déjà fait, monsieur. Ils l'ont envoyé tout à l'heure par SMS.

– Avant même que le conseil soit fini ? s'étonna Simon, sans plus.

– C'est ce que j'ai fait remarquer aux journalistes qui m'ont appelé. Mais ils vont publier quand même.

– Donc c'est votre truc qui répond au leur, marmonna Simon.

– En quelque sorte, oui, si on veut, répondit Cromelatte, d'un ton parfaitement neutre.

Simon pensa qu'il se payait sa tête, mais dit seulement :

– Et qu'est-ce qu'ils racontent, ces petits rapides ?

– Un ami localier m'a transféré leur texto. Le voici, monsieur. C'est plein de fautes, je vous préviens.

Simon jeta un œil à un autre papier qui sortait du costume trop près du corps du chargé de com'.

OURCQ EN LUTTES (comuniqué de presse)

Nous réaffirmons notre détermination intacte face au massacre organisé par le gouvernement. Simulacrds de concertation. Réunions croupions. Négociations bidons. Élections truqués. À cela nous répondons par un seul mot d'ordre : DÉSOBÉISSANCE CIVILE. Les examens n'auront pas lieu à Paris XV. Les licenciements serons proscris dans le Val d'Ourcq. Les violences policières serons contrés. Les collusions médiatiques serons dénoncés. Convergence des luttes partout, pour tous !

– Bon, dit Simon, c'est classique. Il n'y a plus qu'à attendre les réactions côté corps enseignant. Parce que ce brûlot ne va pas plus leur plaire que votre texte à l'eau tiède.

– Ça aussi c'est déjà fait, monsieur, dit Cromelatte, sans relever la critique implicite, mais en exhibant une autre feuille. Parti en fax du secrétariat de psycho.

– Eh bien, personne n'a perdu son temps sauf moi, ce matin, constata Simon en prenant le papier.

Pétition du Collectif des Enseignants-Chercheurs Unis (COLECU)

Le Enseignants-Chercheurs de Paris XV s'étonnent de la stratégie forcenée des mandarins à la solde du ministère dont les manœuvres sont essentiellement dirigées contre la communauté universitaire elle-même et fait preuve du mépris des enseignants, de la démolition de la formation des maîtres, de la marchandisation des programmes, de l'exploitation éhontée des personnels les plus fragiles.

Mais le COLECU ne soutient pas davantage la stratégie aventuriste de certains mouvements pseudo-estudiantins se présentant abusivement comme compagnons de luttes d'une classe ouvrière n'ayant nullement disparu et restant attachée aux valeurs du travail et de l'ascension sociale.

Oui aux examens avec payemens d'heures supplémentaires pour les Enseignants-Chercheurs. Non à la braderie des connaissances entérinée par de jeunes intriguants carriéristes non habilités à mener une réunion statutaire.

– Il y a des fautes aussi, commenta Simon, qui avait sa petite idée de la plume ayant rédigé le texte. Et les jeunes intrigants carriéristes non habilités, je suppose que c'est pour moi.

– Je peux diffuser notre CP ? demanda Cromelatte, toujours aussi peu intéressé par les méditations de Simon. Il faut rétablir la vérité.

– Rétablissons, rétablissons, approuva Simon, vaguement découragé, en rendant les trois feuillets réunis au chargé de communication.

L'autre s'en allait déjà vers le bâtiment central à grandes enjambées qui faisaient remonter son pantalon trop étroit.

Simon commença à s'éloigner le long du canal après avoir allumé une cigarette. La grève qui paralysait l'université depuis plusieurs semaines commençait à se déliter. La bibliothèque avait rouvert, quelques cours étaient assurés, d'autres étaient plus ou moins mis en ligne. Et une petite assistance laborieuse circulait au milieu des arbustes malades, disait-on, d'une dépollution insuffisante du sol sur l'emplacement des anciens gazomètres.

Le campus de Paris XV ressemblait à une sorte de gigantesque préfourrière avec des dizaines de petites voitures paraissant y effectuer leur ultime arrêt avant la casse définitive. Les constructions des années 70 illustraient le goût de l'époque pour des espèces d'alvéoles de ruche tenant lieu de fenêtres.

Les tours grisâtres et les barres dégradées aux noms de fleurettes, les entrepôts désaffectés, les voies de chemin de fer rectilignes et les rocades routières serpentines complétaient le paysage articulé autour du canal censé lui donner un petit côté balnéaire.

Des garçons en treillis, jeans baggy, capuches, baskets ou rangers se dirigeaient très lentement vers la bibliothèque à partir de l'arrêt de bus jonché de papiers et cartons gras. Il y avait des grandes noires qui, dès le matin, superbement peignées, maquillées, attifées, avaient toutes l'air de se rendre à des castings plutôt qu'à des cours. Les mêmes qui, maintenant, semblaient toutes en partance pour de mystérieuses fêtes nocturnes. Des petites blanches aux petites voitures et aux petites lunettes qui elles, incontestablement, sortaient des travaux dirigés de ressources culturelles et intervention sociale venant d'être rétablis. Des voilées aussi, marchant yeux baissés, oui, des voilées toujours plus nombreuses auxquelles les salons de coiffure du voisinage réservaient leurs arrière-salles cachées aux regards.

Simon dépassa le dernier terrain agricole résistant derrière sa clôture, par on ne savait quel miracle, à l'urbanisation désordonnée. Il sentit l'odeur étrange qui se dégageait d'un bâtiment aveugle situé sur son emprise, près de l'ancienne nationale toujours dépourvue de trottoirs, en dépit de la file indienne ininterrompue des usagers se dirigeant vers la station du RER D.

Bientôt, ce fut la gare SNCF, sévèrement taguée.

Et puis la rame à deux étages, qui sentait le kebab et le pétard.

Simon se dit qu'il en avait marre.

Il se dit aussi que ce serait bien s'il lui arrivait quelque chose.

Mais quoi ?

2. AU SALON DE L'HÔTEL LUTÉTIA

– Qu'est-ce que tu fais là ?

Simon regardait sans y penser les allées et venues s'entrecroisant sans heurts sous les lustres en cristal du vieil hôtel art déco. Faisant route vers le piano-bar aux notes un peu étouffées, des Anglais en costumes trois pièces déjà bien éméchés. Franchissant la porte d'entrée tenue par un chasseur en uniforme, une Américaine avec un chapeau étonnant. Juste après, encombrées de sacs de marque, deux… deux quoi ? Il n'y a pas si longtemps on aurait automatiquement pensé Japonaises mais maintenant non. Chinoises ? Coréennes ? Canadiennes de Vancouver peut-être ? Disparaissant de dos vers l'ascenseur, la silhouette d'un type immense aux cheveux de paille qui lui disait vaguement quelque chose. Tout comme la ligne ondulante d'une blonde encore plus gigantesque qui semblait l'accompagner…

À vrai dire, il y avait pas mal de gens plus ou moins connus dans le grand salon aux fauteuils rouges disposés autour de tables basses. Mais comme Simon ne voyait pas qui aurait été susceptible de lui adresser la parole, il s'apprêtait à reprendre une gorgée de sa bloody-mary bien relevée lorsque la voix résonna de nouveau au-dessus de lui. Décidément, on lui parlait.

– C'est une surprise, ça ! disait la voix.

Cette voix, Simon la connaissait, en fait, même s'il ne l'avait pas entendue depuis leurs années de classes prépa communes au lycée Henry IV. C'était celle de Borthombe… BEST… Bertrand Borthombe Éditions Secrets et Talents…

B.E.S.T.

Simon se leva à demi en pivotant et manqua renverser une partie du contenu rouge vif de son verre.

– Tu permets ? dit Borthombe, en se laissant tomber dans un fauteuil en face du sien. Je ne savais pas que tu venais ici.

– Je n'habite pas loin, dit Simon, comme pour justifier sa présence dans un palace.

– Moi, je travaille juste à côté, dit Borthombe en cherchant un serveur des yeux.

Le genre de BEST, c'était des biographies plus ou moins autorisées de célébrités : nouvelles ou anciennes stars de la chanson, animateurs vedettes de la télé, imitateurs d'hommes politiques et hommes politiques qu'ils imitaient, messieurs hyper-riches et femmes ultra-belles, en couple ou séparément. Leur succès permettait certainement à la maison d'être installée dans le vénérable carré magique de l'édition.

En tout cas, Bertrand Borthombe, qui s'était enveloppé avec le temps, avait l'air prospère. Costume sombre (incontestablement sur mesure malgré un renflement disgracieux côté droit), cravate brillante nouée négligemment mais chaussures italiennes parfaitement cirées, montre impressionnante dépassant de la manche gauche. Il regardait en souriant Simon qui, à côté de lui, faisait toujours un peu étudiant avec sa veste légère sur un pull bleu ras du cou, sa mèche blonde en désordre et ses mocassins fatigués.

– Et toi ? disait Borthombe.

Le serveur s'approchait, affable sans ostentation.

– Une coupe de Roederer millésimé, lui lança Borthombe.

– Bien, monsieur Borthombe, dit le serveur.

Là, évidemment, on voyait le vrai habitué, à ne pas confondre avec l'oiseau de passage type Simon, mais l'éditeur fit mine de n'y attacher aucune importance.

– Monsieur prendra autre chose ? demandait le serveur à Simon, qui tenait toujours à la main son verre dans lequel fondaient des glaçons résignés sous la morsure de la vodka.

– Merci, non, dit Simon.

– Après Normale Sup, tu es devenu enseignant ? insistait Borthombe.

– Oui, dit Simon.

Il reposa son verre.

– Maître de conférence.

– Où ça ? demanda Borthombe.

– À Paris XV.

– Connais pas.

– On dit aussi Val d'Ourcq.

– Houlà ! Il y a une fac dans ce coin-là ?

– Oui, dit Simon. Il y a même de la littérature comparée.

Bertrand Borthombe l'observait avec un peu trop d'attention, comme s'il cherchait à formuler une pensée n'ayant pas encore bien pris forme dans son esprit.

– Tu écris toujours ? demanda-t-il.

– Dans un certain registre, dit Simon.

– C'est ce que tu rêvais de faire quand on était encore au lycée Turgot, avant même de passer en hypokhâgne, non ?

– Oui, j'étais jeune et naïf, je me voyais poète ou romancier. Finalement, je travaille surtout sur des récits de peintres méconnus, sur des textes illustrés, on a édité ma thèse, enfin tu vois, ce genre de choses.

Borthombe partit d'un bon rire.

– D'accord, pas le genre de choses que je publie, je m'en doute ! Mais moi j'étais un cancre et je le suis resté.

Borthombe avait raté tous les grands concours deux années de suite en fin de khâgne. Et puis on n'avait plus entendu parler de lui. Et puis on avait entendu parler de BEST. Et puis la flûte de champagne millésimé revenait et Borthombe la leva pour saluer aimablement son ancien condisciple.

– La surprise, ce n'est pas tellement de te rencontrer ici, dit-il. La surprise, c'est de te rencontrer aujourd'hui.

– Ah bon ? dit Simon, sans ironie particulière.

– Écrire, ça n'a jamais été pour moi, dit Borthombe, poursuivant de toute évidence une idée. Mais faire écrire les autres, ça, je sais faire. Tout l'art, c'est de choisir le gars idoine par rapport au sujet.

– Certainement, dit Simon, toujours sans se compromettre.

– J'utilise surtout des journalistes, il y a des armées de pigistes crevant de faim à Paris.

– Ça c'est vrai, dit Simon, qui en connaissait en effet des armées.

– Attention, dit Borthombe, il y en a plein qui ont du talent. Des gars…

– Des filles aussi, quand même, non ? dit Simon.

– Des filles aussi, mais dans mon registre, il faut surtout des fouineurs n'ayant pas froid aux yeux pour enquêter, alors je garde plutôt les filles pour le rewriting, la mise en forme, l'habillage, parce qu'on a un gros public féminin et qu'il faut une touche légère sur les sujets les plus glauques, tu vois ?

Même s'il n'avait jamais fait davantage que feuilleter debout dans une gare ou un aéroport l'un des ouvrages publiés par BEST, Simon voyait.

– Garçons ou filles, je leur propose des avances super honnêtes, parfois même avec mention de leur nom et une partie des droits quand les portraiturés sont d'accord.

– Ça t'honore, dit Simon.

– Avec certaines de nos ventes, je peux t'assurer que ça va au-delà de l'honorable.

– Encore mieux, dit Simon, qui se demandait où Borthombe voulait en venir.

– Bref, en général, tant qu'il s'agit d'histoires de gens célèbres, je suis très bien équipé. Mais figure-toi qu'aujourd'hui, ici même, je viens de finaliser l'accord concernant un livre consacré à une personnalité assez différente de celles sur lesquelles nous faisons habituellement des bouquins. Pas du tout exposée bien que son nom soit connu. Le contraire, même. On ne sait presque rien de sa vie.

– C'est qui ? demanda Simon, plus par politesse que par curiosité.

Borthombe se pencha vers lui avec une allure de conspirateur qui lui rappela des attitudes de leurs années lycéennes, durant lesquelles le futur éditeur affectait déjà volontiers avoir des choses à cacher, même s'il apparaissait généralement qu'il ne s'agissait que de ragots à peine pubères.

– Trop tôt, souffla Borthombe. La moindre indiscrétion ferait capoter l'affaire même si j'ai tout ce qu'il faut pour me défendre contre les mauvaises surprises.

Roulant des yeux méfiants autour de lui comme pour démasquer toute oreille dangereuse, Borthombe tapotait son costume et Simon comprenait enfin la raison d'une certaine boursouflure à droite. Mais était-ce une arme, comme il l'avait pensé un moment ? Il avait l'impression que ça ne collait pas avec la forme ou l'emplacement, et encore moins avec le lieu où ils se trouvaient.

– Tu ne risques pas grand-chose avec moi, dit Simon. Un, je ne dirai rien. Deux, je ne connais personne.

– Il y a des gens qui te connaissent, eux, dit Borthombe en se redressant avec un sourire entendu et en faisant signe au serveur pour qu'il vienne lui resservir du champagne.

– Ah, dit Simon, tu as entendu parler de cette histoire ? Par certains côtés, c'était une blague de vieux potaches.

– Assez réussie, à ce qu'on m'a dit. Berner tout un ministère, ce n'est pas rien. Et c'est justement pour cela que je voudrais te faire une proposition.

– Comme ça, maintenant ? s'étonna Simon.

– J'ai besoin de quelqu'un dans ton genre pour faire ce bouquin-là.

– Non, je t'assure, dit Simon en prenant son verre où ne stagnait plus qu'un fond de jus de tomate devenu rosâtre.

– Champagne pour nous deux, dit Borthombe au serveur.

Cette fois, Simon ne refusa pas.

– C'est une sorte de signe du destin que je te retrouve ce soir, tu comprends, dit Borthombe.

– Pur hasard, tu le sais bien, dit Simon.

– À force de publier des histoires, disons, un peu arrangées, je ne crois plus au hasard. Si tu savais combien de fois j'ai laissé passer des machins au pif qui se sont avérés plus vrais que vrais dans la réalité…

– Mais pourquoi moi ? Tu n'y aurais jamais pensé si je n'avais pas été là aujourd'hui.

– Contrairement à ce que tu crois, l'idée m'était venue avant, mais tant que je n'étais sûr de rien…

– Qu'est-ce que diable je pourrais bien apporter que tu n'aies pas déjà en catalogue ?

– Ta connaissance du monde intellectuel, Simon.

– Houlà, Paris XV, tu l'as dit toi-même, franchement c'est assez éloigné du monde intellectuel. Si tu savais où on en est là-haut…

– Ne fais pas l'idiot, coupa Borthombe. Ces revues auxquelles tu collabores et d'autres du même tonneau, je suis inculte mais pas au point de ne pas les connaître.

– Je ne vois toujours pas le rapport.

– Tu le verras quand tu connaîtras le nom que je vais te donner aussitôt que j'aurai réglé les derniers détails.

– Encore faudrait-il que j'accepte.

– Et les recherches en bibliothèques, tous ces machins d'érudition, tu aimes toujours aussi, j'espère ? continuait Borthombe sans se laisser démonter.

Simon regardait à nouveau les allées et venues. Les Anglais, encore plus ivres dans leurs costumes sombres, repartaient vers la sortie, toujours en groupe. Ils avaient l'air un peu trop satisfaits d'eux-mêmes, mais au moins ils paraissaient bien s'amuser. Et lui, Simon, aimait-il encore vraiment cette vie de savoir à laquelle il avait aspiré et qui se résumait à des affrontements stériles où tout le monde s'insultait au milieu de terrains vagues ?

– Moi, disait Borthombe, ce silence de mausolée des salles de lecture, ces bruits de souris rongeant du papier, ça me rendait fou.

Le serveur revenait avec des flûtes ambrées, des petites chips maison très fines, et Borthombe poursuivait après avoir lampé une gorgée rapide :

– Il y aura aussi des voyages, tous frais payés, des beaux hôtels, tout ce que tu voudras pour travailler dans de bonnes conditions.

Simon, qui fréquentait surtout des deux-étoiles avec la télé accrochée au plafond ou des résidences universitaires avec un nécessaire pour café instantané, sortit imperceptiblement de sa réserve. Peut-être que quelque chose était sur le point de lui arriver, comme il l'avait souhaité un peu plus tôt sans trop prendre ses rêvasseries au sérieux.

– Maintenant, dit-il, volontairement rabat-joie, il est souvent inutile de se déplacer, on trouve tout et le contraire de tout sur le Net.

– Non, dit Borthombe avec une étonnante dignité. Pour moi, ce que n'importe qui peut ramasser sur Google, c'est de la daube. Chez BEST, on n'est pas toujours des délicats, hein, mais il nous faut du frais, pas du congelé, du caché, pas du montré, du vivant, pas du mort, tu vois ce que je veux dire ?

On sentait que c'était un petit discours qu'il avait l'habitude de tenir mais on sentait aussi qu'il avait toujours l'air d'y croire.

– Pour le moment, comme je n'ai aucune idée de l'objet du livre, non, je ne vois pas trop, dit Simon, qui faisait toujours un peu sa mauvaise tête de peur d'être déçu.

Borthombe regarda sa montre, un machin avec plein de cadrans que Simon aurait plutôt cru réservé à l'aéronautique, et but encore une gorgée de champagne. Soudain, il paraissait pressé.

– Je ne te demande pas de me répondre aujourd'hui.

– Tant mieux, dit Simon en buvant une gorgée.

– Demain alors ? dit Borthombe en sortant une carte de visite de la poche de poitrine de son veston bien coupé.

– Non, je t'assure, protesta Simon.

L'éditeur quittait son fauteuil, tapotait le renflement malencontreux de son veston, son téléphone sonnait, le serveur se précipitait pour faire signer la note. Incontestablement, on passait à autre chose et tout s'accélérait.

– Je plaisantais, dit Borthombe à Simon, mais viens quand même me voir, d'accord ?

Simon leva la main pour une objection mais Borthombe ne le regardait plus.

– Oui, j'arrive, disait Borthombe à son téléphone. Une seconde, tu permets ? Je te reprends.

– Demain, en principe, j'ai des cours, protestait Simon, main toujours levée.

– Pas toute la journée, quand même, les cours, protestait Borthombe de son côté, ça n'existe pas en fac, ça, même au Val d'Ourcq ! Et puis vous devez bien être un peu en grève, comme d'hab', non ? Je t'attendrai en fin d'aprèm à mon bureau, ok ?

Il s'éloignait vers la sortie, parlant dans son téléphone toujours vissé à l'oreille.

– Je te dis que j'arrive... oui, oui, ça s'est très bien passé... mais après tout c'est logique puisque c'est lui qui... non, non, juste quelques petites modifs à faire... tu relis tout ça... et on lui apporte à signer dans sa chambre avant qu'il s'en aille au bout du monde...

De dos, Bertrand Borthombe faisait un geste primesautier des doigts de sa main libre pour dire au revoir à Simon. Il passait la porte que lui ouvrait avec une courbette juste assez familière le chasseur de l'entrée. Une grosse voiture noire à chauffeur avec quelqu'un sur le siège arrière s'approchait. La portière s'entrouvrait. Borthombe disparaissait dans la limousine.

L'Américaine au chapeau étonnant avait changé de chapeau et le nouveau bitos n'était en rien moins étonnant que le précédent, tandis qu'elle partait en direction du grand magasin du Bon Marché. Les deux petites Japonaises ou Coréennes ou Chinoises ou Canadiennes de Vancouver refaisaient elles aussi surface, sans sacs de marque cette fois-ci, mais en fonçant vers la rue du Cherche-Midi d'un pas décidé laissant penser qu'il n'en serait pas longtemps ainsi. Quant au grand type aux cheveux si pâles qu'ils en paraissaient blancs, il n'était pas redescendu des étages aux vastes chambres meublées elles aussi en style d'époque.

Simon, lui, avait les oreilles qui tintaient de nouveau. Sans doute le mélange malheureux de la vodka-tomate et du champagne millésimé. Il se leva à son tour, quitta son fauteuil rouge et bas, contourna quelques personnages peut-être assez célèbres pour donner matière à un ouvrage publié chez BEST mais pas assez pour qu'il les reconnaisse.

Dehors, dans l'air froid du début de soirée, il commença à remonter le boulevard Raspail. La raison de sa halte au Lutétia sur le chemin du retour de la fac lui revenait, insidieusement. Le Val d'Ourcq, houlà, houlà, le Val d'Ourcq. C'était cela et diverses autres sources de contrariété que, de temps à autre, Simon venait oublier dans l'atmosphère feutrée du grand hôtel avant de rejoindre son deux-pièces de Denfert-Rochereau tapissé de livres, dans lequel il vivait seul depuis quelques mois.

Avoir été un cancre faisant dans les célébrités et les montres à cadrans multiples paraissait incontestablement plus gratifiant que jouer les bons élèves ayant une certaine connaissance du monde intellectuel sur un campus en train de sombrer en bordure de canal.

Était-ce une raison suffisante pour se rendre dans les locaux de BEST ?

3. CHEZ BEST

R: “Non, mais vous voyez, je veux pas avoir l’air de gazer pour gazer, mais c’est un pauvre type... vraiment... un mec lamentable... je sais bien que c’est pas comme ça qu’il apparaît pour le public... je sais bien qu’on dira que c’est moi qui suis une langue de pute... ce qui n’est pas vrai... mannequin, d’accord, on sait tous ce que ça peut recouvrir... mais malgré tout, ça a un sens... pas pareil d’être escort girl, mannequin je veux dire, en dînant avec le client au Meurice et de tapiner dans un rade près des Champs avec n’importe qui... il y a quand même un truc de statut... ça joue pas dans la même catégorie... et les clients, alors là, pas du tout la même catégorie, rien de commun... le fric, d’abord, vu les tarifs, évidemment... mais le look aussi, c’est souvent des gens connus, voire très connus, comme lui, élégants, bien sapés... y aurait l’hygiène, même, à un certain niveau, y détestent les odeurs, surtout les Américains évidemment, ceux-là ils passent leur temps à prendre des douches et (*inaudible*)... Sans compter les caprices... Quand je l’ai rejoint à Cannes au Martinez parce qu’il était au trente-sixième dessous après son plantage au MIP TV, ça a été toute une histoire parce qu’il n’y avait pas le savon qu’il voulait... Pardon ?”

Q: “On s’en tient à l’essentiel Sabina, d’accord? La réputation d’homme à femmes ?”

R: “L’essentiel... Eh bien je vais vous dire une chose, ça aussi c’est de la foutaise... D’ailleurs, s’il en tombait autant qu’on l’écrit, des nanas, est-ce qu’il ferait appel à une boîte d’escort? Et s’il était aussi fantastique au plumard qu’on prétend dans les pages de mags? Eh bien je peux vous dire que c'est pas du tout vrai, tout ça… Les sourires pour les photographes de presse, les mains baladeuses pour amuser la galerie, les départs de fêtes au bras de blondasses botoxées, tout ça, au pied du mur, c'est autre chose… d'abord, entre la picole et les substances variées, un soir sur deux, il est dans les vapes… un mec lamentable, je vous l'ai dit tout à l'heure, y compris pour ça… À larmoyer qu'il peut pas, qu'il comprend pas, que ça lui arrive jamais, enfin presque jamais, mais là en ce moment, il a une mauvaise passe… à parler de ses séances avec son psy… vous allez le rencontrer le psy, je suppose ? C'est censé parler avec des fouille-merdes comme vous les psys ? C'est censé parler tout court ? Oui, bon, pas la peine de gesticuler, l'essentiel, j'ai compris… Je vais vous dire : je me demande si c'est pas un homo qui n'ose pas s'assumer, qui s'affiche avec des créatures de rêve comme moi, parce que tout de même, hein ? Mais qui au fond (*inaudible*)… Enfin, je vais vous dire aussi une chose : je m'en fous. Parce qu'en plus, il est radin. Les tarifs de la boîte, c'est les tarifs, et c'est son porte-coton qui s'occupe de ça, jamais rien entendu dire à ce sujet-là… Mais les petits cadeaux… Qu'est-ce que c'est pour un type aussi riche ? Eh bien pas du tout, un vrai enfoiré, j'irai jusqu'à dire… Une fois il m'a emmenée chez Chaumet, place Vendôme, on a zoné pour qu'il se fasse voir… Mais il ne m'a rien acheté… Peut-être qu'il faisait seulement du repérage pour cette viocquasse de Veronika…"

– Pas sympa, dit Simon en reposant la retranscription.

– Oh, ça peut être pire, dit Monique en allumant une Gauloise sans filtre.

Ils étaient dans son bureau, davantage un appartement rabougri qu'un bureau d'ailleurs, encombré d'un effarant fatras de dossiers, de livres le plus souvent ouverts et posés à plat les uns sur les autres, de journaux et magazines maculés, avec deux vieux magnétophones à pédale pour avoir le temps de noter les entretiens, un ordinateur flambant neuf, la seule chose qui parût en bon état dans la pièce.

– Et tu arrives à en tirer quelque chose ? demanda Simon.

– Pas de souci.

Monique lui mettait devant les yeux une autre sortie d'ordinateur, écrasait la Gauloise qu'elle fumait dans l'un des cendriers débordants. Derrière une porte entrouverte, Simon se demandait s'il ne voyait pas un pied de lit au milieu d'autres livres en piles penchées. Bizarre.

Il se remit à lire.

"Sabina nous reçoit dans son petit loft du XIXe arrondissement. Couleurs douces, peu de meubles mais très bien choisis, quelques portraits d'elle en noir et blanc quand elle faisait encore des défilés, un vase Aalto avec des pivoines mauves, une bibliothèque révélant l'étendue de ses goûts, de l'ésotérisme au fooding en passant par le design. Elle est toute en couleurs douces elle aussi, Dolce et Gabbana surtout, ballerines Repetto aux pieds, très peu de maquillage, cheveux souples qu'elle repousse d'une main amusée. Pour ceux qui ne la connaîtraient que par les photos hautes en couleur de soirées animées qu'elle marque souvent de sa présence, le contraste avec la jeune femme sage qui offre du thé vert est frappant. Voix douce elle aussi pour nous faire quelques confidences dont, discrétion oblige, Sabina n'est guère coutumière."

– Dis donc, tu t'y connais drôlement en fringues et tout ça, dit Simon avec un coup d'œil pour le vieux pull en laine de Monique dont s'exhalait une odeur de tabac brun lui rappelant une époque qu'il croyait à jamais révolue.

– Tu rigoles, dit Monique. Je fréquente que les Foirfouilles. Tu lis la suite de Sabina, pour voir ce que j'en ai tiré ?

– D'accord, dit Simon pendant que Monique prenait une autre cigarette.

“Je n’ai pas pour habitude de parler des hommes que j’ai connus. Il y a des milieux où la discrétion est encore une vraie valeur, vous voyez. Au restaurant du Meurice, par exemple, on n’arrive pas comme ça, en s’affichant. Au Martinez à Cannes, pas davantage. Être célèbre, donc être vu, je dirais même être toujours un peu en représentation, ça implique des obligations, et je me les applique à moi-même. Toujours être impeccable comme lui-même sait l’être, y compris les jours difficiles, parce que même à un haut niveau de notoriété, il peut y avoir des contrariétés, le monde du showbiz est parfois cruel. Toujours prendre soin de son corps aussi. À Cannes, je l’ai vu contrarié pour une histoire de savon qui n’était pas le bon. On pourrait croire que c’est un caprice, mais non, c’est le souci de soi, un psychologue vous expliquera ça sans doute mieux que moi… Bon, je m’en tiens à l’essentiel n’est-ce pas ? Tout le monde connaît ses succès, tout le monde l’a vu quitter des fêtes avec des créatures de rêve. Ce qui ne l’empêche pas d’être un homme comme un autre, plein de petites attentions, parfois même plein de doutes, en fait c’est un être délicat, je dirais presque timide, pudique. Et contrairement à ce qui se raconte, pas du genre à jeter l’argent par les fenêtres, mais capable de beaucoup de réflexion avant de faire un cadeau, par exemple à son amie de toujours Veronika…”

– C’est fort, dit Simon.

– Ouais, hein ? dit Monique en piochant dans un paquet de chips goût mexicain.

Autour d’elle, déposées entre les monceaux de paperasse, il y avait des barquettes de repas-traiteurs graisseuses semblant parfois abandonnées là depuis pas mal de temps. Sushis japonais, salades Monop’, nouilles chinoises, mini-sandwichs entamés de chez Lina’s, un chawarma anonyme recouvert d’une sorte de pellicule grise, mais c’était peut-être un simple reste de yaourt.

– Qu'est-ce que tu fais là ?

Cette fois-ci, Simon savait parfaitement à qui appartenait cette voix.

Le maître des lieux et patron de Monique, Bertrand Borthombe, était arrivé, sa silhouette massive s'encadrant dans la porte de communication donnant sur le reste de la maison d'édition.

– Peut-être que tu l'as oublié, mais on se connaît, Monique et moi, dit Simon. Période lycée Turgot, surtout le café de la place de la République où il y avait un billard, à vrai dire.

Monique eut un grand sourire. Elle avait une incisive cassée dont Simon croyait se souvenir qu'elle remontait à une bagarre juste avant qu'elle quitte le bahut définitivement, sans même passer le bac.

– Merde, oui, dit Borthombe. Of course.

– Bertrand m'a sortie de la panade quand je suis venue le voir pour faire de la correction d'épreuves il y a cinq-six ans, expliqua Monique, tranquille.

– Un as du rewriting, Monique. Déjà en terminale, c'était elle la meilleure plume.

Toute maigre dans son pull nicotinisé, en dépit des barquettes de nourriture oubliées dans les alentours, Monique souriait toujours de sa grande bouche édentée. Elle avait des yeux magnifiques.

– La fidélité à la jeunesse, voilà une des valeurs de BEST, dit Borthombe. Et ça s'applique à l'intérieur de la boîte aussi.

Là, on ne pouvait pas savoir si c'était une phrase qu'il sortait régulièrement et encore moins s'il y croyait. Mais Simon fit comme si.

– Excuse-moi, disait Borthombe, en l'entraînant par le bras hors de l'espace de Monique. J'avais dit que je t'attendrais et c'est moi qui t'ai fait attendre. Un rendez-vous urgent. Et comme je n'ai pas encore ton numéro de portable…

– Pas d'importance, dit Simon. Je suis arrivé tard moi aussi et il n'y avait plus personne dans les bureaux.

– Comment tu as fait pour trouver Monique ?

– L'odeur du tabac, dit Simon. C'était la seule trace de vie.

– Il n'y a que chez elle qu'on a le droit de fumer. Vu que c'est dans un autre immeuble, on considère ça comme une sorte d'espace privé, sauf que c'est la boîte qui paye le loyer.

Simon repensa au pied de lit entraperçu dans la pénombre. Privé jusqu'à quel point, l'espace ?

Le reste de la boîte, comme disait Borthombe, n'avait rien à voir avec l'antre de leur ancienne copine punk des temps du lycée. Il s'inscrivait dans un immeuble moderne donnant sur le square Boucicaut. Grand espace paysager, ordinateurs dans des box déserts pour l'instant, scanners et imprimantes, fontaine à eau purifiée, machine à café sophistiquée, meubles de rangement en bois exotique, quelques plantes d'intérieur elles aussi exotiques.

Le bureau personnel de Borthombe, avec une lourde porte en bois ouvragé d'origine asiatique, était encore un cran au-dessus. Plancher rouge sombre scintillant, quelques tableaux abstraits dont un Cy Twombly tellement minimaliste qu'on aurait pu dire qu'il n'y avait rien à voir sur la toile, pas un papier, pas un dossier, pas un livre sur le vaste plan de travail vernissé semblant tenir en apesanteur, deux fauteuils profonds côté visiteurs, un fauteuil tournant de l'autre côté, sur lequel se laissait tomber le patron.

– Tu connais mon avocat, maître Ponty-Lamanière ?

Qui ne connaissait maître Ponty-Lamanière et sa blanche crinière ? Pour les belles âmes, c'était le défenseur toujours sur la brèche des journalistes en délicatesse avec la justice, le dénonciateur infatigable des atteintes à la libre parole des écrivains même les plus obscurs, le défenseur des droits inaliénables des artistes même les plus provocateurs. Pour les membres du sérail, c'était un redoutable négociateur dans le domaine du copyright, un spécialiste tortueux du plagiat et de la contrefaçon, un artiste vénéneux du contrat audiovisuel et surtout un richissime brasseur d'affaires connu pour travailler presque essentiellement au téléphone dans sa limousine circulant entre Paris pour le quartier de l'édition, Issy pour celui de la presse, les bords de Seine pour la télévision, la plaine Saint-Denis pour la production…

Bon Dieu, la grosse voiture noire dans laquelle s'était engouffré Borthombe en sortant de l'hôtel Lutétia : celle de maître Ponty-Lamanière, sans aucun doute !

– Je le connais comme tout le monde le connaît, dit Simon, sans rien laisser transpirer de sa puissante déduction.

– Nous avons signé le contrat que j'avais dans ma poche quand je t'ai rencontré hier.

Décidément, les petits mystères s'éclaircissaient comme il fallait. Ce n'était pas une arme qui avait déformé le côté droit du beau costume sur mesure de Borthombe, mais un simple rouleau de papier. Encore que, entre le savoir-faire juridique de Ponty-Lamanière et le flair commercial de Bertrand Borthombe, un contrat puisse certainement se révéler doté d'une puissance de feu considérable, capable de vous bousiller à distance tout récalcitrant.

– Content pour toi, dit Simon.

– Content pour *toi*, dit Borthombe, assez lourd.

– Pardon ?

– Celui avec qui j'ai fait affaire, c'est Iouri Zaïtsev.

La haute silhouette aux cheveux pâles du Lutétia, dont l'allure désormais un peu voûtée rappelait confusément quelque chose à Simon ! Un autre petit mystère en moins auquel il n'avait même pas pensé jusqu'à maintenant.

– Zaïtsev, ça te dit quelque chose, forcément ?

– Oui, dit Simon. Dans le temps, j'ai assisté à certains de ses cours et j'ai même lu des choses de lui.

– Tu vois bien que tu es l'homme de la situation pour écrire sa bio ! Tu l'as lu, c'est rare !

– Zaïtsev n'écrit plus rien, à ma connaissance.

– Là, Simon, je crois que tu te trompes lourdement. Il produit toujours beaucoup, mais ses écrits ne sont plus destinés au commun des mortels.

– Je sais, dit Simon. Le conseiller du prince…

– *Des* princes, insista Borthombe, lourd comme il pouvait l'être.

– Le consultant des milliardaires venus du froid, le conseiller image des régimes post-dictatures, le spin doctor occulte des Balkans, celui qui réécrit la soi-disant fin de l'Histoire, le rusé bonze du sous-continent indien, le nouveau Jdanov du Kremlin, est-ce que je sais encore… Ce ne sont pas les inventions de journalistes qui manquent pour le qualifier.

– Décidément, tu as beau dire, pour moi tu es la personne qui convient pour ce bouquin. Suffit de t'écouter.

– Bah, dit Simon, des lieux communs sur un homme qui cultive le mystère à trois balles pour augmenter sa valeur marchande, je suppose.

– Sur le culte du mystère, tu as certainement raison. Mais à trois balles, là, tu te trompes une fois de plus.

– Bien, admettons l'erreur sur les tarifs, dit Simon en cherchant une cigarette dans la poche de sa veste. Mais pourquoi diable Zaïtsev souhaiterait-il tout à coup une bio à lui consacrée alors qu'il vit caché derrière un écran de fumée ?

– Une bio autorisée, Simon.

– Ah, dit Simon en sortant un paquet, ça aussi tu vas m'expliquer que c'est fait pour moi.

– Parfaitement, dit Borthombe. Une bio autorisée, ça peut se révéler très intéressant.

– Tu espères faire un grand succès avec de la politique étrangère et un type au nom à coucher dehors ? Là, c'est moi qui te dis qu'il n'y a rien de mieux pour se planter, comme le savent tous les journaux. Mireille Mathieu, Johnny, Sardou, Line Renaud…

– J'en ai des plus jeunes au catalogue, merde, quand même ! protesta Borthombe. L'animateur sur lequel bosse Monique en ce moment…

– D'accord, coupa Simon, j'ai lu un passage des entretiens qu'elle retranscrit. Super. Mais Zaïtsev, au milieu des clients habituels de ton fonds de commerce, il ne fera pas un strapontin.

– Ce contrat dont je t'ai parlé…

Tandis que Simon allumait tranquillement sa cigarette blonde, Borthombe actionnait on ne savait quoi sous le plan de travail en apesanteur, un tiroir sorti de nulle part coulissait sans bruit, il prenait une petite pile de papiers.

– Ce n'est pas un contrat classique parce que tu as raison, je n'escompte pas vraiment des droits d'auteur faramineux là-dessus.

– C'est peut-être la vraie raison pour laquelle tu as pensé à moi en me voyant ? Le pigeon universitaire habitué à être payé avec un lance-pierre ?

– Mais non, idiot, c'est tout le contraire. Ce contrat…

Borthombe tapait du plat de la main sur sa liasse passablement volumineuse, comme l'étaient devenus les contrats au fil des années.

– Ce contrat, c'est du béton ! Parce que, figure-toi, c'est Iouri Zaïtsev qui me paye, moi, pour le faire, ce bouquin ! Là, tu veux voir le chiffre que je lui ai arraché ?

– Je te fais confiance, dit Simon, qui ne lui faisait absolument pas confiance.

D'ailleurs Borthombe n'insistait pas mais, tout en faisant disparaître prestement les paperasses dans les limbes de son bureau genre vaisseau spatial, poursuivait :

– Ce chiffre, il y en a un pourcentage qui t'est réservé si tu acceptes le boulot.

– Non seulement bio autorisée, mais bouquin à compte d'auteur en somme ?

– Tout de suite les mots qui fâchent. C'est ça qui est chiant avec vous, les intellectuels, vous devenez vite vexants. Zaïtsev veut juste en faire parvenir des exemplaires à des gens de son choix le moment venu.

– N'en parlons plus, alors, je ne suis pas rédacteur publicitaire, dit Simon en balançant la cendre de sa cigarette en direction du square Boucicaut, par la fenêtre qu'il avait entrouverte.

– Maintenant, c'est toi qui te vexes, tu as toujours été comme ça, cabochard, j'aurais dû m'en souvenir.

– Tu vois ? dit Simon en souriant. Laisse tomber, c'est mal emmanché, cette histoire.

Tout d'un coup, Borthombe eut l'air triste.

– C'est dommage, dit-il. Quand j'ai évoqué ton nom et tes titres pour faire le boulot, ce matin au moment de la signature…

– Hein ? s'exclama Simon.

– Tu sais ce qu'il m'a dit, le professeur Iouri Zaïtsev ? Il m'a dit que c'était très approprié, une garantie de qualité, tels sont ses propres mots.

– Quoi ? cria presque Simon en faisant tomber de la cendre sur le parquet veiné de rouge profond.

– Ben oui, tu as été son élève, dans une autre vie.

– J'ai dû en tout et pour tout assister à trois de ses cours au Collège de France, il ne peut pas se souvenir de moi !

– Non, pas perso, mais il a dit que les élèves de Normale Supérieure étaient les seuls à prendre des notes et à poser des questions, ça l'a marqué.

– Et toi, comment il te connaît ? Tu n'y étais pas, à ses cours…

– Merci bien… Le Collège de France, ce n'est pas pour des gens comme moi.

– Il y a bien des SDF qui assistent aux conférences pour se réchauffer dans les amphis.

– Sympa, la comparaison, dit Borthombe, vexé, pour le coup.

– Tu me cherches, aussi, avec tes âneries, dit Simon. Dis-moi plutôt pourquoi il a fait appel à toi, un éditeur français en plus, c'est-à-dire pas vraiment global par les temps qui courent, pour autant que je sache ?

– Il a fait appel à moi parce que quand il est arrivé à Paris après l'effondrement de l'URSS, à une époque où il n'était personne et moi pas grand-chose, je lui ai rendu service.

– Quel genre de service ?

– Secret.

– Bon début, avec toi, côté réponses de la bio autorisée.

– Ça veut dire quoi, ça, que tu vas accepter ? dit Borthombe avec un grand sourire.

Simon coinça discrètement son mégot éteint entre la toile aveugle de Cy Twombly et le mur, car il n'y avait rien, vraiment rien qui puisse faire office de cendrier dans le vaste bureau dépouillé autour duquel la nuit s'épaississait.

– Mais non, dit Simon en revenant vers le bureau suspendu.

Dans la pénombre, un nouveau tiroir glissait silencieusement, comme sorti d'un vide cosmique, et Borthombe en extrayait quelques feuillets agrafés infiniment plus minces que ceux qu'il avait exhibés tout à l'heure.

– Je t'ai fait préparer un petit contrat, dit Borthombe.

– Je te dis que non.

– 25 000 euros pour toi.

C'était plus de dix fois le salaire mensuel d'un maître de conférences de Paris XV et d'ailleurs.

– 12 500 à la signature, 12 500 à la livraison.

Même en deux fois, c'était encore beaucoup d'argent pour qui en était singulièrement démuni.

– Regarde, disait Borthombe. Il faut parapher là, signer en bas ici, et hop, j'ai ton chèque et on y va.

– C'est quoi, ça ? demanda Simon qui ne pouvait s'empêcher de parcourir le texte au-dessus de l'emplacement des signatures.

– Oh, ça ! dit Borthombe, pas du tout lourd, là, et sans doute même avec un peu trop de légèreté.

– Oui, ça, insista Simon, le doigt sur un paragraphe très court.

– Une clause de confidentialité, un truc classique pour ce genre de bouquins.

– C'est-à-dire ?

– C'est-à-dire que rien de ce qui est écrit, mais alors rien de rien, ne sort du triangle toi, moi et Monique. Et accessoirement que tu restes très évasif avec les gens que tu seras amené à rencontrer pour te rencarder. À la moindre fuite, Zaïtsev arrête tout. Silence total sur l'existence même de l'ouvrage jusqu'à sa sortie, pas d'interviews, pas d'avant-papiers, pas de bonnes feuilles, et respect absolu des délais.

– Serrés, les délais, observa Simon, qui avait toujours le doigt sur le petit paragraphe de son petit contrat.

– Sûr que ce ne sont pas les rythmes universitaires, reconnut Borthombe, mi-figue, mi-raisin.

– C'est ça, fiche-toi de moi, dit Simon. Je sais travailler vite, figure-toi.

– Ah, si tu te rebiffes, ça veut dire que tu t'intéresses à cette affaire…

Il n'y avait pas que la littérature comparée et le Val d'Ourcq dans la vie, devait s'avouer Simon. Il y avait même quelque chose qui s'appelait la vie et qui n'avait pas grand-chose à voir avec la littérature, comparée ou non.

– Alors ? dit Borthombe en dévissant un énorme stylo Montblanc, lui aussi sorti des limbes.

4. FRAGMENT DE VIE UNIVERSITAIRE

– Qu'est-ce qui se passe ? demanda Simon en approchant de l'entrée du campus.

Un cordon de CRS barrait l'accès aux bâtiments en forme de ruches parallélépipédiques.

– Alerte à la bombe, monsieur, dit avec le sourire un grand black vêtu d'un survêt blanc immaculé et portant un sac de sport rouge cerise. Tout le monde dehors.

C'était Diop qui, ce semestre, faisait un petit détour par son cours intitulé "correspondances des arts", après être passé successivement en philo, en socio, en anglais et en géographie, sans jamais aller au-delà de la première année.

– Salut Diop, dit Simon, qui l'aimait beaucoup.

Diop excellait dans tous les exercices physiques et faisait partie de l'équipe de basket pro B du Beauvaisis. Mais, avec Simon, il se contentait de jouer au badminton dans le terrain improvisé où il avait tendu un filet de fortune, à la limite de l'emprise agricole malodorante jouxtant la fac.

– Si on ne peut pas avoir cours, on se fait un petit bad vous et moi, monsieur ? proposait Diop, en tapotant son sac rouge cerise. J'ai deux raquettes extra.

On apercevait des silhouettes affairées ressemblant à des cosmonautes qui entraient et sortaient des divers bâtiments de la fac ; les petites jeunes filles à petites voitures et petites lunettes venues pour les enseignements de ressources culturelles et intervention sociale s'en retournaient vers d'autres banlieues d'un air résigné ; un groupe de professeurs avec des grosses sacoches devisait à voix basse sous un arbre déplumé victime de feu le gazomètre.

L'un des enseignants, un grand escogriffe particulièrement mal tenu, l'aperçut. C'était son ennemi, Heurtemitte, secrétaire inamovible du Collectif des enseignants-chercheurs unis de Paris XV, le COLECU, qui commençait à faire mouvement vers Simon. Alerte rouge ! Et même, vu les convictions quelque peu contradictoires d'Heurtemitte, alerte rouge-noire !

– Alors monsieur, plutôt que d'être venu pour rien, qu'est-ce que vous pensez d'une petite partie ? insistait Diop, qui était toujours cool.

Il faisait frais et beau, mais ça n'allait pas durer car le ciel se couvrait au-dessus des formes informes du Val d'Ourcq.

– Je pense que c'est une bonne idée, dit Simon, allons-y.

C'était exactement ce qu'il fallait faire s'il voulait échapper à Heurtemitte.

Diop et Simon partirent donc à petites foulées pour se chauffer et le secrétaire du COLECU s'arrêta sur place, visiblement déçu. Le jogging n'était pas du tout son truc.

Derrière lui, ça s'affairait toujours à la recherche d'un hypothétique engin explosif. Les recoins humides de Paris XV-Val d'Ourcq étaient si nombreux qu'il y en avait forcément pour un bout de temps avant de ne rien trouver.

Un instant plus tard, les deux garçons, le noir musculeux et le blond filiforme, tapaient de bon cœur dans leur joli volant en plumes blanches, avec d'excellentes raquettes d'origine sans doute incertaine. Ils se déplaçaient adroitement au milieu de petits monticules laissés par des taupes qui ne semblaient nullement souffrir de la pollution post-GDF.

Simon se sentait bien.

5. AU COLLÈGE DE FRANCE

– Mesdames et messieurs, je vous remercie. À la semaine prochaine pour le chapitre suivant de mon cours intitulé “Méthodologie du discours institutionnel”, dont vous pourrez vous procurer le plan et la bibliographie à la sortie.

Les dames d'un certain âge surhabillées qui prenaient des notes frénétiquement rangèrent leurs stylos coûteux dans des sacs tout aussi coûteux, rajustèrent des écharpes mousseuses autour de leurs cous maigres, attrapèrent le manteau de fourrure posé sur le siège voisin du leur dans une rangée de l'amphithéâtre Halbwachs.

Les crânes chauves masculins, dont certains sommeillaient discrètement le long d'autres rangées de sièges, remontèrent la tablette de bois blond sur laquelle ils n'avaient rien écrit du tout durant l'heure de cours.

Quelques jeunes filles placèrent leurs notes aux alinéas impeccables dans des classeurs en carton et Simon se dit qu'elles devaient être les normaliennes de service ayant pris sa suite lointaine dans les augustes locaux du Collège de France.

Le vieux petit professeur Piboyaux descendit précautionneusement de l'estrade, évitant quelques magnétophones posés en bout de bureau, enjambant des vêtements étendus par terre. Il allait bientôt passer sous les statues des grands hommes du cru – Érasme, Gassendi, Budé –, longer les bustes d'autres grands hommes un peu moins grands tout de même – Valable ? Turnèbe ? Danes ? hellénistes ou latinistes distingués peut-être ? –, traverser la cour intérieure pour rejoindre le bâtiment principal. C'est là que Simon décida de l'intercepter, sous quelques gouttes de pluie intermittentes.

– Monsieur le professeur, articula-t-il doucement.

L'autre le regarda par-dessus ses lunettes aux montures dorées. Simon était beaucoup plus grand que lui mais peut-être, vu son âge, avait-il l'habitude que les étudiants mâles et même femelles dépassent désormais les enseignants des générations précédentes d'une bonne tête.

– Oui ? dit le professeur Piboyaux, sur un ton qui relevait presque du soupir.

– On a dû vous prévenir que je prendrais contact avec vous, je m'appelle Simon Saltiel.

– On me l'a dit, accorda le professeur, l'air las et sans cesser de progresser, mais sans décourager non plus Simon de le suivre à distance respectueuse.

Ils étaient devant les ascenseurs codés menant aux bureaux des professeurs. D'une main soignée, Piboyaux composa un chiffre et ils sortirent au troisième étage, sous les combles. Tout venait d'être refait à neuf et, ici, la misère universitaire habituelle n'avait pas cours. En dépit de ses murs blancs et de sa fenêtre moderne à travers laquelle on voyait les toits de la Sorbonne, le bureau du professeur était cependant resté meublé de fauteuils rondouillards en velours rouge et d'une table elle aussi très Napoléon III, meubles qui tous devaient dater d'avant la réfection des locaux.

On apercevait une secrétaire derrière un ordinateur dans une pièce attenante seulement éclairée par un velux et lorsque Piboyaux alla fermer la porte de communication, il lui dit sans insister :

– Je n'en aurai pas pour longtemps, mademoiselle Boudinc, continuez à taper, vous m'apporterez le texte à relire quand j'aurai fini mon entretien.

Le professeur s'assit à son bureau et attendit, prenant ses lunettes pour les essuyer d'un grand mouchoir blanc immaculé.

– Je ne sais pas ce qu'on vous a dit, commença Simon, gêné.

– On ne m'a rien dit à part me dire que quelqu'un dans votre genre viendrait me dire quelque chose.

Se pouvait-il que le professeur fût tout simplement en train de se moquer de lui ou de Borthombe ? Car c'est le patron de BEST lui-même qui avait établi ce premier contact.

– Je mène une recherche sur les travaux du professeur Iouri Zaïtsev et…

– Une recherche universitaire ? s'enquit Piboyaux en soufflant sur ses lunettes pour les humidifier légèrement.

– Non, dit Simon, décidé à jouer profil bas comme il convenait, fût-ce aux dépens de l'honneur académique. Plutôt un petit travail de vulgarisation.

– Je m'en doutais. Dommage que Borthombe gâche ses talents, il aurait pu réussir dans d'autres domaines plus légitimes.

Simon ne jugea pas utile de s'enquérir des domaines légitimes dans lesquels le patron de BEST aurait pu réussir, même s'il était évident que le professeur Piboyaux disposait d'informations sur les talents de Borthombe qui avaient sans doute échappé à Simon et à leurs amis de jeunesse.

– Mais après tout, comme tant d'autres savants issus des régimes communistes, Zaïtsev aussi a quitté la communauté intellectuelle pour des activités sans doute plus lucratives. Qui se ressemble s'assemble, je suppose.

Simon pensa qu'il était sage de ne pas commenter, d'autant plus que c'était sans doute vrai.

– Alors, qu'avez-vous à me dire ? demanda Piboyaux après un silence.

Décidément, ce petit monsieur aux lunettes désormais étincelantes se payait sa tête. Mais bon, que faire en service commandé à 12 500 euros ?

– Je croyais que c'était vous, monsieur, qui alliez me dire… euh… je crois que c'est vous qui avez accueilli

M. Zaïtsev au Collège lorsqu'il est venu y faire son premier cycle de conférences… et donc…

– Dites-moi, jeune homme, vous savez comment cela se passe, une nomination au Collège ?

– Eh bien…

– Vous êtes vous-même universitaire, non ?

– Maître de conférences, mais…

– Sciences dures ou sciences molles ? coupa Piboyaux d'un air méfiant.

– Très molles je crains, monsieur, dit humblement Simon. Littérature comparée.

– Ça existe encore, la littérature comparée ?

– Pas tellement, reconnut Simon.

– Et vous enseignez où ?

– À Paris XV.

– C'est où, ça ? Tous ces chiffres idiots, je ne m'y suis jamais fait.

– Dans le Val d'Ourcq, avoua Simon.

– Il y a une faculté, là-bas ?

Ça devenait lassant et Simon ne jugea pas utile de répondre.

– Je vous pose ces questions parce que, voyez-vous, les gens des sciences exactes, en particulier les mathématiciens, les physiciens, les généticiens de grand renom qui font partie du Collège, ces gens sont, disons, assez méfiants sur les qualifications de ceux qui viennent des sciences humaines.

Simon sentait que, là, il fallait réagir s'il voulait se faire un allié du professeur Piboyaux, dont l'art de noyer le poisson avait l'air consommé.

– Pas à ce niveau, tout de même, non ? fit-il donc mine de s'offusquer.

– Si, jeune homme, nous en souffrons tous lorsque nous devons faire nos visites de politesse à nos éventuels futurs collègues. Ils nous posent des colles, en quelque sorte, ah, ils sont taquins avec nous les littéraires, ce que vous pouvez imaginer puisque, en quelque sorte, vous êtes donc de ce bord-là…

– À mon niveau à moi qui n'a rien à voir, dit Simon, la jouant toujours très humble tout en continuant à s'accrocher. Mais dans le cas de M. Zaïtsev…

– J'y viens, j'y viens, grommela Piboyaux, dont on sentait qu'il n'avait pas l'habitude d'être interrompu. Au Collège de France, si d'aventure vous l'ignorez, on n'y est jamais candidat. Mais on peut y être proposé par une tierce personne. Et là, si tout progresse comme il convient, on vous sollicite, on vous accorde des entretiens, on vous jauge intellectuellement et socialement, on rapporte sur vos écrits et vos accomplissements, on vous défend éventuellement en assemblée des professeurs, et finalement on vous adoube.

– Donc, tout a progressé comme il convenait dans le cas de M. Zaïtsev, puisque vous avez organisé sa leçon inaugurale, ce genre de choses…

– Tss, tss, jeune homme. Tout a progressé, mais comme il convenait, c'est une autre histoire.

Discrètement, Simon commença à sortir un carnet de notes, en prenant garde de ne pas faire tomber le chèque de 12 500 euros dont il se rendit compte trop tard qu'il était resté en tapon dans la même poche de sa veste.

Mais Piboyaux arrêta bien vite son geste.

– Tss, tss, pas de notes. D'ailleurs vous n'en avez pas pris durant mon cours, alors je ne vois pas pourquoi vous en prendriez ici, n'est-ce pas ?

Le professeur perdu derrière sa longue chaire de l'amphithéâtre Halbwachs avait décidément l'œil plus vif qu'on aurait pu le croire.

Pour l'instant, il sortait une chemise bleue de son bureau à la panse second empire ventrue et la posait sur un sous-main de cuir patiné en la retournant vers Simon.

– La progression des choses, puisque c'est Borthombe qui me suggère de vous la soumettre et que je n'ai pas à cœur de lui refuser, vous allez la voir dans la séquence de ces courriers. Les en-têtes, les dates et les signatures sont masquées, mais vous pouvez lire. Et comme, je suppose, vous avez de la mémoire puisque vous ne prenez pas de notes durant les cours magistraux, vous pouvez retenir.

Sans moufter, Simon prit donc le premier feuillet de la chemise, très beau papier filigrané déjà assez jauni, texte impeccablement dactylographié, le souleva légèrement et lut :

“Cher ami, je me permets de soumettre à votre attention et plus encore à votre sagacité la possibilité d'adresser une invitation au Collège à l'un de nos éminents collègues enseignant actuellement à l'Université russe d'État de Nijni-Novgorod, après avoir obtenu un doctorat à l'université Lomonossov de Moscou. Peu connus en Europe de l'Ouest en raison des bouleversements qui ont caractérisé ces dernières années et, hélas, quelque peu malmené les institutions culturelles, ses travaux en linguistique et champs connexes ont retenu l'attention de divers auditeurs, dont moi-même, depuis que ce chercheur aux approches très originales a pu se faire entendre hors des cercles trop restreints de la semi-dissidence soviétique. Il me paraîtrait donc judicieux d'étudier les écrits et le cursus de M. Iouri Zaïtsev dans l'hypothèse où il pourrait être amené à dispenser un enseignement dans le cadre de l'une de vos chaires réservées à des savants étrangers. En me faisant une joie d'avoir bientôt le plaisir de vous recevoir à dîner avec votre épouse, dans notre ambassade enfin rénovée, lorsque, je l'espère, vos recherches vous amèneront de nouveau dans nos contrées encore bien reculées malgré les…”

Prestement, le professeur Piboyaux retira le feuillet jauni des mains de Simon.

– Le reste n'a aucun intérêt.

– Et tout semble progresser comme il convient à ce stade, me semble-t-il, dit Simon sans se rebeller. Mais bien sûr, je n'ai pas d'élément de comparaison.

– Pas besoin de comparaison, dit Piboyaux. Lisez la suite.

Le papier du document suivant n'était pas beau du tout, et tellement pâli que, moins de quinze ans après la date à laquelle il avait raisonnablement dû être utilisé, il était déjà presque indéchiffrable. Quant aux caractères machine se chevauchant parfois maladroitement, ils semblaient appartenir à un clavier initialement destiné à une autre langue que le français car ici ou là apparaissaient des signes diacritiques qui faisaient penser à une graphie d'Europe centrale n'utilisant pas le cyrillique. Si les lettres étaient pâles, le ton, lui, ne l'était pas.

"Nos recherches nous amènent à penser que le sujet IZ a pu collaborer durant ses études avec divers services de sécurité, notamment à l'époque où il était l'élève du professeur Arkadi Liebed, dont les liens passés avec les 'organes' sont désormais avérés. Son attitude critique à l'égard du régime n'aurait de ce fait constitué qu'un paravent destiné à masquer des activités de surveillance à l'égard de ses condisciples. La nature même de ses travaux, sur laquelle nous n'estimons pas avoir les moyens d'émettre des jugements de valeur, ne nous paraît pas infirmer ces conjectures. Adepte, nous citons, 'du sous-texte de l'Histoire', du 'scénario invisible', de la 'dramaturgie implicite', où encore 'de la communication comme miroir sans tain', le professeur Zaïtsev ne fait pas totalement mystère de sa façon de concevoir l'action publique. Avis négatif sur une invitation à collaborer à un organisme français prestigieux."

– Ah oui, ça se gâte, constata Simon. Mais, si vous me permettez, ça sent un peu la barbouzerie d'époque…

Le professeur Piboyaux eut un regard rapide pour lui par-dessus ses lunettes, le premier qui ne fût pas légèrement apitoyé.

– Bien vu, pour quelqu'un de votre génération, monsieur Saltiel. Alors lisez ce qui suit, et qui relève d'un tout autre genre d'analyse.

Là, il s'agissait de quelques feuillets dactylographiés serrés ressemblant à une fiche de lecture avec des appels de notes, lesquelles paraissaient rejetées en queue d'article. Simon attaqua le début :

"Les travaux de M. Iouri Zaïtsev, kandidatskaia et doktorskaia de l'université Lomonossov (philologie et philosophie), ayant retenu notre attention pour cette étude succincte sont les suivants : *Retch i dialektika** en langue russe (1986) ; *Bild & Rede** en allemand (1988) ; *Postmodern Power and Story** en anglais (1992), *En deçà des mythologies** en français (1993). Des recherches plus poussées devraient être entreprises pour exhumer d'autres textes dont certains n'existeraient que sous forme de samizdats ronéotés. Mais ce corpus, malgré sa taille relativement restreinte, permet déjà de formuler quelques remarques.

Les premiers textes du docteur Zaïtsev se situent dans le droit fil de l'école du linguiste et folkloriste russe Vladimir Propp dont ils reprennent mécaniquement les considérations sur la structure immuable des contes en l'appliquant aux principaux discours des secrétaires généraux du PCUS depuis M. Nikita Khrouchtchev. Pas davantage d'invention dans les publications en allemand, incontestablement placées sous le signe de l'ancien assistant de Max Weber et philosophe hongrois György Lukács, s'appuyant en particulier sur ses analyses esthétiques dans *Die Gegenwartsbedeutung des kritischen Realismus* dont des passages entiers sont paraphrasés sans autre forme de procès et appliqués à l'imagerie politique. En anglais, mêmes types d'emprunts systématiques regardant cette fois-ci du côté de *Gossip, political information and decision making*, publié en 1984 aux USA. Enfin, l'article français se place explicitement mais hélas au prix de grossières simplifications dans la mouvance de M. Roland Barthes, toujours dans la perspective d'une réinterprétation des pratiques discursives des élites politiques (voir analyse détaillée en pièce jointe). En bref, les travaux de M. Zaïtsev n'attestent que d'une certaine maîtrise de quelques langues étrangères (encore qu'il conviendrait de vérifier jusqu'à quel point il a pu bénéficier de collaborations non mentionnées). Mais, sur le fond, ils paraissent dépourvus de toute originalité et se bornent – comme c'est souvent le cas lorsque des esprits médiocres s'emparent d'œuvres faisant autorité – à transposer d'incontestables percées conceptuelles de la génération l'ayant immédiatement précédé au décryptage du (des) discours politique(s). On comprendra que notre appréciation sur l'éventualité d'un accueil en France de ce chercheur qu'il faut bien qualifier de seconde zone, pour ne pas dire de seconde main, soit excessivement nuancée. Si l'on poursuit plus en détail la lecture des textes réunis par nos soins, cette première réaction n'en devient que plus…"

Sans brutalité, le professeur Piboyaux reprenait les feuillets aux lignes denses des mains de Simon.

– Inutile d'aller plus loin, dit-il. Vous avez compris, n'est-ce pas ?

– Oui, j'ai compris, dit Simon, qui, même vus d'aussi loin que de la prolétarienne Paris XV, avait quelques notions des rapports de lectures en forme de flingage définitif.

– Sauf que vous n'avez pas compris, ironisa sans méchanceté Piboyaux, puisque malgré ces réserves n'ayant rien de mineur, la progression des choses a repris comme il convenait pour le docteur Iouri Zaïtsev, qui a assuré sa leçon inaugurale ici même à la rentrée 1996.

Le vieux professeur refermait la chemise bleue et la retirait du sous-main de cuir patiné pour la remettre dans le tiroir dont il l'avait extraite.

– Mais, les autres pièces ? dit Simon.

– Il n'y a pas d'autres documents écrits, dit Piboyaux. La suite s'est faite oralement. En ces temps reculés où vous étiez encore jeune étudiant, le téléphone existait déjà, n'est-ce pas monsieur Saltiel ?

– Il y a eu des pressions ?

– N'abusez pas des grands mots ! Non, rien de tel, grands dieux ! Personne n'est en état de faire pression sur notre institution parfaitement autonome n'ayant d'autre mission que d'enseigner, je cite, “le savoir en train de se faire”.

– Tout de même, dit Simon, c'est curieux…

– Il y a eu d'autres arguments d'une autre nature, voilà tout. C'est d'ailleurs le moment où j'ai été amené à côtoyer de plus près notre ami commun Bertrand Borthombe, qui a su, comment dirais-je, se montrer efficace en haut lieu, dit le professeur Piboyaux en se levant.

– Et après il y a eu sollicitation, visites, entretiens, rapports, assemblée, cooptation et c'est comme ça que j'ai pu assister à quelques cours de M. Zaïtsev et même y prendre des notes ?

– Ah bon, vous preniez des notes à l'époque ? dit Piboyaux, qui se refichait certainement de lui.

Le vieux professeur était debout de toute sa petite taille, ouvrait la porte à Simon, c'était terminé.

– Saluez cette crapule de Bertrand Borthombe pour moi, dit-il aimablement en commençant à refermer la porte de son bureau.

Du couloir, Simon entendit :

– Mademoiselle Boudinc ? Vous pouvez venir, j'en ai fini.

Deux minutes plus tard, Simon se retrouvait dans la rue des Écoles, avisait un troquet estudiantin qui faisait face à l'entrée principale du Collège, s'asseyait à une table juste derrière la vitre donnant sur le trottoir humide, commandait un café, sortait enfin son calepin tout en caressant au passage son chèque de 12500 euros, et entreprenait sa mise au net aussi vite que possible. Il avait encore de la mémoire, certes, mais le plus tôt était le mieux.

Il commença à écrire :

"Lettre paraissant émaner d'un ambassadeur (ou type occupant rang hiérarchique élevé à l'ambassade, sans doute située dans ex-bloc communiste). Évoque possibilité inviter Collège de France enseignant ayant obtenu doctorat à université Lomonossov Moscou dont recherches dans domaine de la linguistique sont encore peu connues because bordel fin de période du socialisme dit réel. Se termine sur invitation à destinataire et épouse."

Quand il aurait fini de reporter ce qu'il avait lu, il irait faire un tour dans l'un des magasins du Vieux Campeur tout proche afin d'acheter des bonnes chaussures de marche avant d'aller retrouver son vieil ami Étienne pour une excursion dans le Mercantour qu'ils avaient prévue de longue date. Premier prélèvement prévu dans le pactole des 12500 euros.

Mais pour l'instant le Mercantour était loin, il pleuvait des cordes et, penchant la tête, Simon poursuivit donc, de son écriture aux lettres bien formées :

"Note sur clavier étranger (serbe ? polonais ? hongrois ?) laissant entendre que IZ aurait collaboré avec les services secrets (KGB ?) à Moscou puis Nijni-Novgorod. Pseudo-dissidence écran pour cacher activités délation sur étudiants et/ou collègues ? Travaux de IZ sur 'texte absent' (késaco ?) et 'dramaturgie implicite de l'Histoire' (what ?) ou 'miroir sans tain' (euh ?) augmentent soupçons. Avis négatif genre barbouze sur invitation en France."

Dehors, il s'était remis à pleuvoir dru et les arbres pliaient sous les rafales de vent. Simon, qui en était à : "écrits IZ semblent manquer de toute originalité" leva le nez de son calepin juste au moment où le professeur Piboyaux, ayant dépassé les hautes grilles du Collège, s'apprêtait à traverser en se battant avec un large parapluie noir.

Des stries aqueuses rendaient les vitres pas trop propres du bistrot peu propices à une bonne vision de la rue des Écoles où la circulation n'était pas très dense. Mais Simon vit clairement le gros scooter noir d'un coursier arriver droit sur le professeur, qui s'était imprudemment engagé sur la chaussée glissante, toujours encombré de son parapluie à demi retourné par la bourrasque.

Le choc fut très rapide, très violent, très direct, très simple, très bête.

La tête de Piboyaux renversé en arrière vint heurter le trottoir, le scooter fit une longue glissade et son coffre métallique volumineux érafla la carrosserie d'une voiture garée en peu en aval. Et puis le conducteur, dont le casque intégral cachait le visage, redressa son engin et brûla un feu rouge pour traverser la rue Saint-Jacques et disparaître au-delà de la Sorbonne, en direction du boulevard Saint-Michel.

Simon était debout, courait pour traverser la rue, arrivait l'un des premiers près du corps disloqué du professeur Piboyaux.

– Qu'est-ce qui s'est passé ? demandait une grosse dame déjà là qui soufflait d'émotion comme une otarie, qu'est-ce qui s'est passé ?

Simon s'agenouillait, ramenait les jambes du vieux petit professeur sur le trottoir, ramassait ses lunettes à nouveau embuées qui avaient volé sous le choc, se sentait perdu. Mais une voiture de la circulation arrivait, des policiers en uniforme sautaient sur la chaussée, on le repoussait sans brutalité, il y avait des grésillements de radio, des appels confus.

– Je connais le professeur Piboyaux, dit Simon.

Personne ne l'écoutait pour le moment et la grosse dame continuait sa litanie :

– Qu'est-ce qui s'est passé ? Qu'est-ce qui s'est passé ?

6. CHEZ MONIQUE

"Le Collège de France, cette prestigieuse institution que le monde entier nous envie..."

– Tu ne crois pas que tu exagères? demanda Simon à Monique. Il n'y a pas un lecteur de BEST ayant idée de ce qu'est le Collège de France.

– Justement, dit Monique, il faut les flatter en faisant comme si. Un poil de vulgarisation et ensuite ils auront l'impression d'être au cœur de la bête... On continue?

– On continue, dit Simon, qui regardait l'écran par-dessus l'épaule osseuse de la jeune femme.

"Le Collège de France, cette prestigieuse institution que le monde entier nous envie, avec ses vénérables bâtiments faisant face à ceux de la Sorbonne et s'ouvrant sur ce haut lieu du Quartier latin qu'est la rue des Écoles! C'est là que Iouri Zaïtsev, personnage désormais aussi mystérieux qu'influent, allait pour la première fois se présenter aux yeux d'un public français de très haut niveau!"

– Ouais, dit Simon.

– Ben quoi, tu y étais, non? dit Monique.

– Pas à la leçon inaugurale. Au deuxième cours seulement.

– On ne va pas pinailler pour ça, dit Monique, en revenant à son clavier d'ordinateur sur lequel ses doigts fins couraient tels ceux d'un pianiste en pleine étude de Scriabine.

"Le Collège de France n'est ni une université ni une grande école, il ne prépare à aucun diplôme. Depuis sa création en 1530 par François Ier, il invite des professeurs suivant la seule considération de leurs travaux et non de leurs titres. C'est ainsi qu'après l'immense philosophe Érasme (que connaissent tous les étudiants en échange universitaire), le grand astronome Gassendi (dont les habitants du XIVe arrondissement empruntent souvent la rue) ou l'humaniste bibliophile Guillaume Budé (que vénèrent les amateurs de beaux livres), Iouri Zaïtsev, devenu doktorskaïa…

– Tu crois ? s'inquiéta Simon. Docteur, ça suffirait peut-être.

– Non, il faut donner de la couleur locale. Et en plus, docteur, pour nos habituels lecteurs, fondamentalement ça veut dire médecin, trancha Monique.

"… doktorskaïa de l'université de Moscou en 1986 dans ce champ de ruines qu'était l'URSS finissante…"

– Là aussi tu y vas fort, tu ne crois pas ? demanda Simon pendant que Monique allumait une Gauloise.

– Toujours la couleur locale. 1986, je te rappelle d'ailleurs que c'est l'année de Tchernobyl et que rien ne marchait plus là-bas, vraiment rien, dit Monique.

– D'accord, dit Simon, que l'étendue des connaissances historiques et la sûreté des techniques littéraires d'une ancienne punk en rupture scolaire précoce étonnaient.

"Iouri Zaïtsev vient s'inscrire dans cette prestigieuse succession de savants jalonnant la marche de la connaissance depuis cinq siècles. Son nom avait semble-t-il été avancé par des sources diplomatiques de haute volée avant d'être confirmé à la suite de divers recoupements destinés à prendre la mesure tant de l'envergure de ses travaux que du rayonnement de sa personnalité. Dès ses premières interventions publiques, l'aspect charismatique de ce personnage venu du froid allait frapper ses auditeurs attentifs."

– Franchement, on était trois pelés et un tondu, dit Simon. C'est même pour ça qu'on avait envoyé les normaliens l'écouter, parce que ça la foutait mal qu'il n'y ait pas un rat…

"Ses aperçus puissants, où l'on pouvait noter une connaissance encyclopédique des travaux de grands linguistes russes tel Vladimir Propp ou de défricheurs de mythologies contemporaines comme Roland Barthes, allaient vite subjuguer ceux qui l'écoutaient."

Monique s'interrompit, compulsant le carnet de Simon d'un doigt songeur.

– Là, pour le coup, je ne suis pas certaine qu'il faille garder ça. Propp ou Barthes, sans parler de Lukács que j'ai déjà sucré…

– En plus, Zaïtsev avait un accent russe à couper au couteau, dit Simon, et la moitié du temps personne ne pigeait rien à ce qu'il disait.

– Et les filles, elles le trouvaient comment? s'enquit Monique.

– Pas mal je dois dire, avoua Simon. Un grand type très blond, un visage slave aux yeux clairs, je l'ai à nouveau entraperçu récemment et…

– Bon, on va trapper les trucs intellos et rajouter une description physique, abrégea Monique. Pas de souci.

"Iouri Zaïtsev allait immédiatement subjuguer ceux, et surtout celles, qui l'écoutaient. Par sa parole, inspirée aussi bien des contes de la grande plaine russe que des mythes urbains modernes. Mais également par sa prestance, avec sa haute taille, ses cheveux très blonds, son beau visage slave aux yeux clairs et…"

Simon bougeait tant bien que mal ses longues jambes repliées sous la chaise boiteuse qu'il occupait dans le capharnaüm, son regard quittait l'écran scintillant dans la lumière parcimonieuse.

– Tu veux qu'on arrête? suggéra Monique, qui feuilletait toujours machinalement les pages de son carnet à la recherche d'une pépite utilisable.

– Je veux bien, dit Simon, dépliant son corps en s'efforçant de ne faire tomber ni barquettes de nourriture entamées ni paperasses empilées. Je crois que je commence à piger ton système.

– Facile, dit Monique en refermant le carnet et en mettant l'ordinateur en veille. Tu valorises ce qui est anecdotique, tu bémolises ce qui est chiatique, tu visualises ce qui est abstrait, tu euphémises ce qui est blessant, tu dramatises, tu enjolives…

– Oui, oui, merci de m'avoir fait une démonstration.

– De rien, dit Monique en attrapant un téléphone portable perdu sous des livres entrouverts. Tu veux qu'on fasse venir une pizza ?

– Pourquoi pas ? dit Simon, en se demandant où un nouveau carton plein de nourriture pourrait bien être déposé dans le bazar ambiant.

– Une super-spéciale, disait Monique. Comme d'habitude, vous ne passez pas par chez BEST, mais direct de mon côté, hein ?

Simon regardait le square Boucicaut, les gens élégants qui traversaient la rue de Sèvres en portant précautionneusement sacs et paquets. Aujourd'hui, la chaussée était sèche, tout était paisible.

– J'ai appelé l'hôpital Cochin avant de venir te voir, dit-il. État stationnaire.

– C'est-à-dire ? demanda Monique, dont les pensées étaient visiblement assez éloignées du lit de douleur d'un vieux monsieur que de toute façon elle ne connaissait pas.

– Dans le coma. C'est sa secrétaire qui m'a répondu. Mlle Boudinc. Mais elle a coupé quand elle a compris qui j'étais.

– Le dernier visiteur du professeur ?

– Exact.

– Il y a quelque chose de troublant, je te l'accorde. Comme me l'a fait remarquer Bertrand…

– Bertrand Borthombe, l'éditeur qui ne croit pas au hasard.

– Ah, il t'a déjà sorti ça ?

– Oui, il a même l'air d'y croire.

– Contrairement à ce que s'imaginent ceux qui ne connaissent pas Bertrand, il croit à beaucoup de choses.

– Et alors, dit Simon, qu'est-ce qu'il t'a fait remarquer, Bertrand ?

– Que c'était un peu dur pour toi, cet accident. Je veux dire, si tu étais en train de travailler sur un parrain corse, sur un sportif dopé, sur une star déchue, est-ce que je sais, l'une de ces bios comme on en fait beaucoup à BEST…

– Là, un accident est vite arrivé ? suggéra Simon.

– Oui, y compris un accident concernant le gars qui enquête pour nous. Il y a eu des jambes brisées menu, des coups de poing dans la gueule et même des décharges de plomb dans les fesses.

– Ça, Bertrand ne m'en a pas parlé quand il m'a sorti mon contrat. Je ne savais pas qu'il valait mieux souscrire une assurance vie avant de bosser dans l'édition à succès.

– Mais justement, en travaillant sur des trucs de vieux tromblons comme ton Collège de France et autres institutions genre maisons de retraite pour surdiplômés, il ne pensait pas que tu courrais le moindre risque.

– Ce n'est pas moi qui me suis fait dégommer par un coursier fou, nuança Simon.

– Dieu merci, non, dit Monique, sincère. Et quoique Bertrand ne croie pas au hasard en général, il pense bel et bien que, dans ce cas particulier, c'est le hasard si le pauvre Piboyard…

– Piboyaux, corrigea Simon.

– S'cuse, dit Monique. Comme nous ne citerons pas son nom dans le bouquin, je n'y ai pas prêté attention.

On entendait frapper de plus en plus fort derrière la porte de communication de l'antre de Monique. Elle se leva en allumant une Gauloise.

– La pizza, dit-elle. C'est des rapides.

Elle entrouvrit la porte et Simon eut à nouveau l'occasion de distinguer un lit, et même une courtepointe campagnarde et un oreiller à fleurs assez inattendus chez une ex-punk, avant que la porte se referme.

Il y eut quelques rires de l'autre côté et, une minute plus tard, Monique, Gauloise au bec, était de retour avec un grand carton dont s'élevait une puissante odeur de pâte chaude, d'herbes aromatiques et de divers machins de couleur généreusement empilés qu'elle dévoilait en posant le carton sur un tas de magazines défraîchis et en soulevant son couvercle.

– Miam, miam, dit Monique.

Elle attrapa l'une des parts prédécoupées, y planta les dents (dont son incisive cassée) avec appétit, avala trois grosses bouchées très rapidement. Tandis que Simon en était encore à considérer sa portion, Monique avait déjà terminé et elle reposait les restes de croûte dans le carton en lâchant :

– Pfou… Je suis bourrée.

Elle rallumait l'ordinateur d'une simple caresse, reprenait le carnet de Simon, lui lançait :

– Mange tranquille. Je vais encore traiter un bout de ton entretien pour le plaisir. Cette histoire d'espionnage des petits camarades de Zaïtsev, c'est bien, ça. Mystère, trahison, rédemption peut-être ? Je suis certaine que ça te servira par la suite.

Simon n'avait pas tellement faim et comprenait mieux pourquoi des barquettes et ramequins plastiques de boustifaille non terminés s'empilaient dans le foutoir ambiant.

7. FRAGMENT DE VIE UNIVERSITAIRE

Alors que Simon finissait de monter en souplesse l'escalier mécanique en panne, il fut bousculé par une bande de jeunes qui refluaient en désordre de la salle des pas perdus de la Gare du Nord. Seule sa pratique assidue de diverses activités physiques lui évita de redégringoler les hautes marches métalliques qu'il venait de gravir.

Un bruit énorme régnait. Des cris et des objets zébraient l'espace vaguement bleuté. Une vitrine de sandwicherie vola en éclats à côté de lui. Des gars en passe-montagne en profitèrent pour se servir un petit-déjeuner. Un instant plus tard, ils s'égaillaient vers les profondeurs du métro comme une volée de moineaux masqués. Un cordon de flics fit sont apparition. Simon se plaqua contre le carrelage du mur de la galerie marchande. Mais il n'intéressait nullement les forces de l'ordre, qui avisèrent une jeune femme en foulard rencognée derrière l'étal de la sandwicherie et l'alpaguèrent sans brutalité quoique avec détermination. Les uniformes poursuivirent leur route en soulevant la fille comme une poupée de chiffon dont les pieds ne touchaient plus le sol et disparurent.

Le bruit et les jets d'objets s'étaient arrêtés. Simon s'approcha des quais. Il y avait toujours beaucoup de monde, mais les gens paraissaient plus égarés que belliqueux. Il demanda :

– Qu'est-ce qui se passe ?
– Trafic interrompu sur le réseau de banlieue.
– Pour le Val d'Ourcq aussi ?
– Ben, pourquoi ça marcherait sur cette ligne-là ?
– Il y a eu un suicide, paraît-il.

Autour de lui, un petit groupe paraissant à la fois désemparé et résigné fournissait des explications supplémentaires

– Grève des conducteurs.

– C'est parti pour durer.

– Déjà hier, il y a eu des incidents.

– Ils en ont marre, les conducteurs, ça se comprend.

– Nous aussi on en a marre, non ?

Certains voyageurs avaient déjà pris leur parti de la situation et s'en allaient lentement vers la sortie, soudain désœuvrés. D'autres, plus véhéments, parlaient dans leur téléphone portable, inquiets ou indignés. Parmi un petit groupe qui refluait, Simon aperçut deux étudiants qui avaient dû projeter de prendre le même train que lui pour assister à son cours.

– C'est foutu, m'sieur, dit calmement l'un des deux, qui l'avait reconnu.

– Pas de topo dans un bistrot comme pendant la grève, aujourd'hui ? demanda l'autre en rigolant.

– Non, dit Simon. On verra ça avec le reste du groupe la semaine prochaine, d'accord ?

Ils étaient d'accord.

Simon commença à marcher vers le boulevard Magenta. Une fois de plus, c'était effectivement foutu pour une journée de travail à Paris XV.

Mais, à vrai dire, il avait déjà la tête ailleurs.

8. PETITES VACANCES

Le paysage défilait sans un bruit, sans une secousse. On était passé des verts sombres du Morvan aux verts clairs du Beaujolais et puis, après un moment un peu incertain, tout s'était mis à prendre des teintes plus tranchées. Au fond de l'image, en travelling latéral, les montagnes étaient chapeautées de neige immaculée. Mais le long de la voie, des mimosas jaune pétant commençaient à être en fleurs. Ensuite, il y avait eu des ocres puissants, des saignées blondes, des arbustes pugnaces et des oliviers centenaires.

Simon avait choisi l'étage supérieur du TGV pour profiter de la vue car c'était un trajet qu'il n'avait pas fait depuis longtemps. La première partie du voyage avait malheureusement été occupée par des copies en retard. Même si tout était détraqué à la fac, les copies, toujours les copies, afin de compenser tous ces cours qui avaient sauté pour des raisons diverses et variées… Mais maintenant, il attendait avec une certaine impatience de longer la mer à petite vitesse jusqu'à Nice.

Sur son pécule BEST, dont il avait entre-temps déposé à la banque le chèque défroissé de 12 500 euros, Simon avait acheté de très bonnes chaussures de marche au Vieux Campeur.

Lorsqu'il avait longé un certain trottoir de la rue des Écoles, il avait eu un léger frisson, mais il avait poursuivi jusqu'aux magasins genre caverne d'Ali Baba pleins de matériels pour toutes les activités de loisirs concevables et imaginables, des plus traditionnelles aux plus saugrenues.

État stationnaire avait dit quelqu'un du service de l'hôpital Cochin, où se trouvait toujours le professeur Piboyaux.

Avec quelque chose qui coinçait un peu dans la gorge et qu'il ne savait comment interpréter, Simon prit le mince dossier qu'il trimballait dans son sac à dos avec les copies désormais dûment annotées. Il se demandait ce que son ami Étienne Moulineaux allait penser de son travail pour BEST, dont il ne lui avait pas encore parlé. Étienne avait des opinions sur tout, assez tranchées en général, et tout aussi judicieuses en général. Bon, on verrait bien…

C'étaient quelques feuillets que lui avait préparés Audrey, l'assistante personnelle de Bertrand Borthombe, une jeune femme blonde et lisse impeccable sous tous rapports, sorte d'anti-Monique qui se tenait dans un angle fleuri du bureau paysager et savait manifestement très bien voyager sur la Toile, en dépit de la doctrine fraîcheur de la maison. Il s'agissait de l'une de ces inénarrables traductions automatiques du Net, mais elle l'avait assuré qu'une fois dépassé son aspect passablement perplexant, c'était l'une des rares sources d'une certaine fiabilité sur Iouri Zaïtsev – émanant d'un *think tank* très conservateur de la côte Est américaine auquel Zaïtsev avait été et était peut-être toujours lié. Alors que défilaient les pinèdes parfois balafrées de traînées noires d'incendies, Simon se mit donc à lire :

“Iouri Zaïtsev fut né en 1960 dans la cité historienne de Niznij-Novgorod sur les banques du Volga, à partir d'un père haut rang officier dans Armée rouge et d'une mère professeur connue pour declaiming poèmes dans les shows organisés dans les factoreries et sovkhozes de l'oblast. Les racines de la maternelle lignée sont de Bransk région à Starobinskii province. Celles du versant paternel doivent être examinées avec caution. Membre du Komsomol consacré et portant fiertement le cache-nez rouge des petits pioneers, Iouri est diplômé ‘bon élève’ de son école et déclaré membre d'élite de l'école de nuit à laquelle il est traîné à parler public devant ses camarades. Plus tard après, membre des communistes jeunes, Iouri Zaïtsev part pour Moscou pour attendre l'université…" Et c'est là, camarade étudiant Iouri, que tu vas peut-être te mettre à espionner tes condisciples, commencer à bâtir ta théorie (fumeuse? bidon? pompée? astucieuse? prophétique? devenue rentable en tout cas…), là peut-être que tu vas tomber amoureux d'une femme, ou te passionner pour les langues étrangères, ou te révéler adepte de je ne sais quel sport comme la randonnée, je dis ça comme ça, ou aller au cirque de Moscou tout proche pour voir les animaux dressés, ou manger des glaces au lait non parfumées dans le parc Gorki, ou faire la queue dans des magasins Gastronom ainsi nommés par antiphrase puisqu'il n'y a rien à manger dedans et qu'il y règne perpétuellement une odeur de viande avariée, mais il est vrai que Monique a raison, tout foutait le camp dans le camp socialiste à cette époque-là, et seuls les plus malins se préparaient, sans même le savoir, à la période suivante, celle de la rapine pour les uns, les plus malins justement, celle de la débine pour les autres, presque tous les autres. Que pensais-tu, Iouri, l'année de ton doktorskaïa, de l'explosion du réacteur n°3 de Tchernobyl, dont certains des concepteurs sortis de l'université Lomonossov et autres hauts lieux de formation de l'ingénieur soviétique (le héros vivant par excellence, avec l'officier, autre héros soviétique, généralement mort à Stalingrad, lui), que pensais-tu alors, Iouri, avec ton père officier d'origine incertaine mais encore vivant, que pensais-tu de ton avenir auquel je m'intéresse pour 25 000 euros?

Il y eut un crissement de freins, un arrêt assez brusque, et Simon découvrit qu'il avait dormi. Il n'eut que le temps de réunir ses quelques affaires éparses, de prendre son gros sac à dos alourdi par les chaussures de marche du Vieux Campeur, de descendre l'escalier du wagon à impériale, de sauter sur le quai.

La verrière de la gare de Nice portait toujours beau, mais la gare elle-même, crade et désordonnée, rappelait les longues années de purgatoire politique de la ville, tout comme les abords, mal fichus, mal tenus, mal fréquentés…

– Hé, Simon, par ici !

C'était la voix d'Étienne, et Simon distingua sa vieille voiture suédoise dans le ballet désordonné du parvis livré à lui-même. Malgré un sac qui pesait son poids, il courut, soudain plein de joie, de force, d'attente de ce qui allait venir.

Quelques minutes plus tard, après le pénible tunnel du Paillon et le franchissement de quartiers paraissant appartenir à l'autre côté de la Méditerranée, ils commençaient à grimper sur l'ancienne route de Sospel pleine de virages en épingle à cheveux, et laissaient définitivement derrière eux l'amas urbain informe s'étendant sur les arrières de la baie des Anges.

Au-delà de Sospel, avec son pont ressemblant à un dos de vieux dromadaire et ses placettes aux couleurs tendres, ils abordèrent des pentes plus rudes, perdant et retrouvant au fil d'ouvrages d'art arachnéens la petite ligne de chemin de fer aux gares de fantaisie faisant route vers Cuneo, de l'autre côté de la frontière. Et bientôt, Étienne arrêta sa vieille Saab cabossée pour en sortir leur barda.

Pendant le trajet, ils avaient évoqué les amis communs, ceux avec lesquels ils avaient monté, quelques années plus tôt, une mise en scène destinée à soustraire une splendide donation de livres et de tableaux aux appétits de certains grands commis du ministère de l'Éducation nationale*.

Goulletqueur était toujours président de l'université de Nevers et la nouvelle bibliothèque ayant hérité d'ouvrages rares portait son nom. Le pauvre Doutrelombe était toujours pauvre mais vivait libre quelque part en Écosse en traduisant

* Voir *Petits crimes contre les humanités.*

des auteurs du cru. Bourgougnoux avait pris sa retraite dans un couvent aveyronnais mais poursuivait ses activités monastiques de lecteur de polars.

Étienne, lui, avait entre-temps été élu au prestigieux Institut universitaire de France et, pratiquement dispensé de cours, se promenait de conférences en séminaires entre Buenos Aires, Sydney, Lima, Istanbul, Pretoria ou Shanghai. Là, il rentrait d'un séjour à Florence, d'où le choix du Mercantour sur le chemin du retour. Mais ses voyages n'avaient pas émoussé son acuité tout-terrain.

– Qu'est-ce que c'est que cette histoire ? disait-il à Simon, en extirpant deux sacs de couchage du coffre encombré de livres de la Saab.

– 25 000 euros, protestait un peu faiblement Simon. Ce n'est pas rien.

– 25 000 euros versés par cette crapule de Borthombe, c'est même franchement beaucoup trop !

Crapule. Simon avait déjà entendu cela ailleurs.

Ils passaient les bretelles de leurs sacs à dos.

– J'ai envie de faire autre chose que ne même pas arriver à faire cours à Paris XV, tenta de se justifier Simon.

– Et c'est quoi, cette autre chose ?

– Je ne suis pas censé en parler. Surtout aux grands bavards dans ton genre.

– Allons, tu sais bien que je peux être muet comme une tombe si c'est toi qui me le demandes.

– Une biographie. C'est ça qu'on fait chez BEST. Des biographies.

– Et une bio de qui, s'il te plaît ?

– De Iouri Zaïtsev, je ne sais pas si tu vois qui…

– Bravo ! coupa Étienne en fermant rageusement les portes de son auto avec un petit bip bip bip résonnant curieusement dans l'immense silence qui les entourait.

– Hein ? dit Simon, évidemment plus inquiet que content.

– Qui se ressemble s'assemble, râla Étienne en commençant à marcher sur le chemin de grande randonnée qui semblait monter à pic vers le ciel limpide.

Simon avait déjà entendu cela aussi ailleurs.

– Tu es déjà au courant ? demanda-t-il à Étienne en commençant à le suivre.

– Pardon ?

Là, c'était Étienne qui s'étonnait.

– Mais non, pourquoi je serais au courant ?

– Parce que j'ai l'impression que tu répètes des trucs qu'on m'a déjà dits.

– Et comment je pourrais ? s'insurgea Étienne. Je n'ai pas mis les pieds en France depuis trois mois.

– Tu pourrais d'autant moins que celui qui m'a dit ça est dans le coma à l'hôpital, avoua Simon.

Étienne s'arrêta sur le rebord d'une terrasse où poussaient des oliviers aux troncs de pachydermes centenaires et Simon manqua lui rentrer dedans, butant dans la caillasse qui roulait sous ses chaussures pas encore faites et donnant du nez dans le sac à dos de son ami.

– Bon, dit Étienne, on va reprendre calmement.

Simon résuma donc la situation, la rencontre plus ou moins fortuite du Lutétia, le fonctionnement de Borthombe Éditions Secrets et Talents, l'entrevue avec le professeur Piboyaux et ses suites...

– Piboyaux, il est dépassé depuis pas mal de temps, mais c'est quand même trop bête de finir comme ça, commenta Étienne, songeur, en ramassant un brin de lavande séché sur place pour le faire crisser sous son nez.

– Il est peut-être dépassé, mais lui aussi il m'a fait le coup du "qui se ressemble s'assemble" et du "Borthombe la crapule", ce qui fait qu'il n'est pas si éloigné que ça de toi.

– Eh bien, s'il a dit ça, il devait avoir de bonnes raisons, car il n'a pas toujours été un vieux professeur inoffensif du Collège, murmura Étienne d'un air soudain assez fermé.

– Il m'a dit aussi que Borthombe avait certaines qualités, persista Simon.

– Toujours de bonnes, ou mauvaises, raisons de dire ça, sans aucun doute, ironisa Étienne, en relâchant les petites graines mauves décolorées qui s'éparpillèrent dans le vent léger comme s'il voulait clore le sujet.

– Et Zaïtsev, s'accrocha Simon, tu as une opinion ?

Bien entendu qu'Étienne avait une opinion, puisqu'il avait une opinion sur pratiquement toute activité intellectuelle. Pris d'une espèce d'accès d'éloquence professorale, il attaqua avec sa fougue coutumière une progression pédestre aussi bien que logique, grimpant de terrasse en terrasse dans le soleil couchant, comme il aurait gravi les gradins semés d'embûches de l'université provinciale où il avait pris jadis Simon sous sa protection quand celui-ci y était arrivé sur un demi-poste d'assistant temporaire…

– Premièrement, Zaïtsev est un pur produit de l'URSS finissante, et comme il est malin, il sent qu'il faut s'écarter de la théorie marxiste avant même qu'elle soit officiellement répudiée. Il s'attelle donc au déchiffrage et à l'adaptation de divers courants intellectuels alors en vogue à l'Ouest. Pour se faire connaître, il forge à tour de bras des concepts qui connaîtront assez vite une certaine fortune, mondaine plus qu'académique d'ailleurs. Des trucs du genre le scénario invisible des événements, la dramaturgie implicite de l'action politique…

– J'ai vu ça aussi quelque part, dit Simon en enjambant un amoncellement de rochers imprévus qui barraient le sentier de plus en plus abrupt.

Étienne ne se laissa pas démonter et, sitôt l'obstacle franchi, accéléra encore le pas et le débit en poursuivant :

– Deuxièmement, aussitôt arrivé en France, sa première escale occidentale, Zaïtsev cisèle des phrases qui seront reprises pour leur ambiguïté assez creuse par des magazines réacs comme *Le Point* ou des revues cherchant à liquider l'héritage révolutionnaire comme *Le Débat*. Des trucs genre : "Il existe des fictions à l'intérieur de la réalité." Ou bien : "Le but n'est pas de valider la justesse des interprétations du réel mais de les multiplier jusqu'à ce qu'elles se substituent au réel." Ou encore : "Les nations ont encore plus besoin de scénarisation du futur que d'investissement à long terme", je fais court, hein, mais il y en aura d'autres du même tonneau qui me reviendront, même si ce n'est pas vraiment ma partie. Passons donc au troisièmement, car c'est là où se manifeste toute la ruse de Zaïtsev, d'accord ?

– D'accord, dit faiblement Simon, qui regardait vers le sud pour voir une dernière fois la mer, très bleue et très basse au-delà des montagnes en train de rougir sous les ultimes rayons du soleil.

– Alors, troisièmement, et bien avant que ça devienne la mode, il décide de faire fructifier ses concepts et ses slogans non pas à l'intérieur du champ universitaire où ils n'ont par définition aucune valeur marchande, mais en vendant ses services de consultant, d'abord dans le monde des affaires puis, très vite, dans les sphères politiques. Afin de s'introduire au plus haut niveau, certains disent qu'il fricote avec la CIA ou une autre officine américaine. D'autres, qui me semblent plus proches de la vérité, soulignent qu'il monte en puissance en même temps que Vladimir Poutine, dont il aurait connu la femme quand il a été brièvement prof à Kaliningrad, ville dont elle est originaire.

– L'hypothèse KGB devenu FSB, j'ai lu ça aussi quelque part…

– Si tu m'interromps tout le temps, ce n'est pas la peine de me demander mon avis, fit semblant de ronchonner Étienne.

Sortant des terrasses abandonnées, retournées au maquis et coulant en éboulis informes plus ils montaient, les deux amis faisaient désormais face à une énorme prairie à l'herbe encore rase, grimpant vers un sombre bois de sapins lui même surplombé d'une construction en ruine posée sur l'ultime arête visible de la montagne.

– C'est là-haut qu'on va bivouaquer à la fin de notre marche d'approche, dit Étienne, en montrant la ruine du doigt.

– C'est quoi ?

– Un fort italien de la Seconde Guerre mondiale, dit Étienne. On ne croirait pas, mais il y a eu des combats terribles par ici.

Ils se mirent à progresser dans l'herbe sèche, piquée çà et là de blocs de pierre réguliers portant des chiffres romains.

– Et ces trucs ? demanda Simon.

– Les bornes de l'ancienne frontière entre France et Italie. Ça a beaucoup bougé dans ce coin-là. Et je finis, oui ou quoi ?

– C'est toujours le troisièmement ? nargua Simon.

– Oui, mon petit, j'ai pour habitude d'annoncer mes parties clairement et de m'y tenir jusqu'à ce que j'arrive à la conclusion.

Il n'y avait plus de chemin tracé, le soleil avait disparu d'un seul coup et le vent s'était mis à forcir. Ils pénétrèrent dans le bois de sapins. Il faisait soudain très noir et il y avait des odeurs de mousse, de décomposition, de mort… Peut-être restait-il des corps oubliés dans des trous d'obus recouverts de neige glacée, dans des tranchées comblées par les aiguilles de pin, dans des taillis seulement fréquentés par des animaux sauvages ? Rien de suffisant pour empêcher Étienne de progresser vers la péroraison.

– Très astucieusement, et jouant sur ses origines, Iouri Zaïtsev ne va pas proposer ses talents là où les Anglo-Saxons tiennent déjà le haut du pavé et sont en train de concocter des histoires de récits d'entreprise et de séquençage médiatique pas totalement éloignées de ce qu'il a à vendre. Il va plutôt se consacrer à des marchés moins glamour mais tout aussi riches de possibilités.

– Anciennes républiques soviétiques, certains pays ayant gardé des contacts avec l'appareil militaro-industriel communiste, nouveaux régimes autoritaires souhaitant se donner une façade présentable...

– C'est vrai que tu sais des choses, approuva Étienne, bienveillant.

– Oui, professeur Moulineaux, le défaut des cours magistraux, c'est que souvent on enfonce des portes ouvertes.

Ils butaient dans l'obscurité sur des souches sortant de terre, sur des troncs abattus par on ne savait quelle tempête.

– Alors, conclusion, dit Étienne. Et ne viens pas me dire que j'enfonce une porte ouverte parce que là, pour tout dire, tu m'as l'air plutôt bouché à l'émeri !

– J'écoute, maître, dit Simon en glissant dans une fondrière verglacée.

– Méfie-toi de tout ça ! Borthombe est louche ! Et Zaïtsev est dangereux !

– Il ne faut rien exagérer, c'est juste un bouquin, dit Simon.

– Justement. Pourquoi ce bouquin ?

– Je ne sais pas encore, avoua Simon. Tu crois qu'il y a un piège ?

– S'il y en a un, même si j'en ignore la nature pour le moment, je ne voudrais pas que tu le comprennes trop tard, mon Simon.

Ils sortaient avec soulagement du bois de sapins et retrouvaient la montagne nue, l'impressionnante masse géométrique de béton cru du fort très près d'eux. Durant leur séjour forestier, la lune s'était levée, majestueuse. La pleine lune, qui éclairait vivement la scène de sa belle lumière froide ciselant les ombres du fortin aux murs fantomatiques.

– Dîner, dit Étienne en laissant tomber son sac à dos par terre.

– Qu'est-ce que tu as acheté ? demanda Simon en faisant de même.

Étienne défaisait des petits paquets soigneusement enveloppés.

– J'ai fait un arrêt au marché de San Remo avant d'entrer en France. Une vraie merveille. Il y a des olives, des *picciolina*...

Simon en prenait une, minuscule, bien verte et bien ferme.

– Il y a des petites tomates cœur-de-bœuf.

Simon en prenait une, bourrelée de rouge vif.

– Il y a deux parts de socca.

Simon en prit une part.

– Il y a quelques tranches de coppa très maigre.

Simon tendit la main.

– Tout de même, dit Étienne, un peu de tenue.

– Je n'ai rien mangé dans le train, dit Simon.

Étienne sortait encore un petit paquet en disant :

– De la tome de brebis.

Et Simon commentait, la bouche pleine de galette de pois chiches :

– Che me chuis dit... Étienne chait faire les choses.

Plongeant dans les profondeurs de son sac, Étienne sortait une bouteille de vin.

– En effet. Et ce soir, comme on ne commence les choses sérieuses que demain et comme ça fait longtemps qu'on ne s'est pas vus, une bouteille de *barbera.*

– Le sport vu comme ça, ça me plaît, dit Simon.

Un peu plus tard, ils étaient tous les deux allongés dans l'herbe, regardant le ciel.

Il allait faire un froid de loup cette nuit, malgré la tente télescopique et les sacs de couchage super-techno. Mais c'était bien ainsi. Sous la lune très pâle qui dérivait lentement vers le grand large, Simon, pour la première fois depuis qu'Élise était partie, se sentait parfaitement heureux ainsi, au repos aux côtés de son ami.

9. *NAME DROPPING* À LA MSH

De : heloisedemonasquiel@ehess.paris.fr
À : simon.saltiel@wanadoo.fr
Reçu : 15/03 11:26
Objet : demande RV
D'accord pour vous recevoir à mon bureau de la Maison des sciences de l'homme pour votre recherche sur Iouri Zaïtsev, excellente initiative. Vous attendrai mardi à 17h. Héloïse de M.

– Tu vois, tout le monde n'est pas comme toi, dit Simon en consultant la messagerie de son iPhone qu'il avait délibérément laissé dans le coffre de la Saab durant leurs trois jours de marche en altitude.

Ils étaient de nouveau sur le parvis de la gare de Nice, toujours aussi moche mais quasi désert à cette heure matinale. Simon était assis sur le dossier d'un banc douteux et avait fait défiler des dizaines de mails débiles avant de s'arrêter sur celui-là. Étienne extrayait péniblement les chaussures de marche de Simon de sous le fatras de livres de la Saab garée avec deux roues sur le trottoir.

– Comment ça ? dit Étienne en se redressant.

– Un mail élogieux d'Héloïse de Monasquiel m'accordant un rendez-vous dès cet après-midi.

– C'est Borthombe qui t'a branché sur celle-là aussi ?

– Non, dit Simon en escamotant son petit appareil. Je l'ai rencontrée au cours d'un colloque à Royaumont et…

– Et tu veux que je te dise quelque chose ? coupa Étienne.

– Elle a répondu super-vite, marmonnait Simon en tentant de faire entrer les grosses chaussures Vieux Campeur désormais bien culottées dans son sac à dos.

– Monasquiel, pérorait Étienne, Zaïtsev, Royaumont, qui se ressemble…

– Ok, s'assemble, dit Simon en forçant sur la fermeture éclair. Si c'est pour me raconter ça, pas la peine de te fatiguer.

– Oh, mais, sur Mme de Monasquiel, je pourrais t'en raconter beaucoup d'autres. J'ai rarement vu une femme se tromper avec autant d'assurance et persister dans l'erreur avec autant de constance.

Il est vrai qu'Héloïse de Monasquiel, directrice de recherche à l'École des hautes études en sciences sociales et spécialiste des anciens pays communistes, avait commis quelques bévues. Reçue par Gorbatchev au Kremlin en pleine perestroïka, elle en était revenue convaincue de la justesse des vues du premier secrétaire du PCUS, estimant qu'il allait préparer pour lui-même et pour le socialisme rénové un nouvel avenir radieux. Séduite par un déjeuner à la maison des écrivains de Belgrade en compagnie du président Milošević, elle avait doctement expliqué que celui-ci apparaissait comme le meilleur garant d'une déconstruction pacifique de la Yougoslavie. Après avoir survolé la Tchétchénie dans un hélicoptère mis à sa disposition par Moscou, elle avait jugé qu'il s'agissait d'un petit conflit caucasien comme les autres que la nouvelle Russie saurait désamorcer avec doigté. Emballée par la spontanéité toute méridionale de Mikheil Saakashvili, elle avait pronostiqué que tout se passerait à merveille entre l'ex-URSS et sa petite dépendance de Géorgie…

– Une snobinarde ne débitant que des âneries, Monasquiel, tranchait d'ailleurs Étienne, en claquant la porte récalcitrante de la malle arrière de sa voiture.

– Peut-être, admettait Simon. Mais elle connaît du monde.

En dépit de quelques approximations regrettables, Héloïse de Monasquiel continuait en effet de fréquenter assidûment les plateaux de télévision et les studios de radio. Kremlinologue haute époque elle avait été, experte post-impériale elle restait. Sa grande taille, son chignon compliqué, son visage un peu chevalin et sa voix profonde de contralto faisaient toujours merveille lorsqu'elle mouchait des petits journalistes du service public ou des politiciens franco-français dont la vision géopolitique semblait forcément s'arrêter pour elle peu ou prou à la ligne bleue des Vosges. Rien d'étonnant, donc, pour un Étienne Moulineaux, à ce que, en son temps, elle se fût entichée de Iouri Zaïtsev.

D'ailleurs Étienne disait :

– Quelque chose a réuni tous ces gens-là, y compris le pauvre Piboyaux, au moment du commencement de la fin, quand les vieux relais formés par les compagnons de route inconditionnels de l'URSS se sont trouvés coupés de leurs anciennes bases. Il a fallu faire circuler de l'argent, des idées et des personnes d'une autre manière.

Simon avait déjà entendu cette thèse mais il n'avait plus le temps d'en discuter le bien-fondé. Son TGV partait dans quelques minutes. Les deux amis se donnèrent l'accolade vite fait.

– À vendredi prochain à Paris ? demanda Simon.

– Sûr, dit Étienne. Tennis au stade Charléty s'il fait beau.

– Squash si pas beau, lâcha Simon en disparaissant vers les voies.

Il attrapa le train in extremis et se laissa tomber sur son siège, réalisant qu'il était crevé. Ils avaient marché comme des forcenés durant trois jours et avaient quitté leur dernier bivouac avant l'aube pour arriver en ville à temps.

Le paysage se mit à défiler à l'envers, comme un film se rembobinant. D'abord la mer étincelante. Puis des traces d'incendies, des ocres puissants, des mimosas en fleurs, des vignes paraissant aussi mortes que l'ancien "socialisme réel"...

En arrivant à Paris, Simon constata qu'il n'aurait que le temps de faire un saut chez lui pour se débarrasser de ses chaussures maculées et de son sac à dos où traînaient des odeurs de sueur macérée, avant de prendre une douche et de passer des vêtements plus appropriés à un rendez-vous avec une dame dont on pouvait peut-être discuter la jugeote mais certainement pas la classe.

À quatre heures pile, il se trouvait devant l'entrée de la Maison des sciences de l'homme. Avec sa sculpture verticale grisâtre, brute de barre à mine et évoquant les mégalithes de Callanish, l'endroit n'avait jamais dégagé un sentiment de gaîté prononcé. Mais, depuis que sa dégradation pour cause d'amiante était prononcée, il revêtait un aspect franchement sinistre. Là-dedans, des doctorants et des post-docs de très très haut niveau étaient censés se débrouiller à vingt-cinq dans des bureaux de quelques mètres carrés. En réalité, comme une telle cohabitation était inenvisageable – à moins d'admettre que la MSH ressemblait furieusement à la prison ayant jadis occupé ce terrain de la rue du Cherche-Midi et que la condition de chercheur en sciences humaines n'était pas très éloignée de celle du taulard dépourvu de tout –, il n'y avait pratiquement jamais personne. Les couloirs donnant sur les pièces en deuxième jour, c'est-à-dire plongés dans une pénombre perpétuelle, étaient généralement déserts, à l'exception d'un universitaire étranger égaré dans ce que, jusqu'à son arrivée en France, il considérait comme un temple du savoir.

Les grands chefs et autres directeurs ou maîtres de ceci ou cela avaient, eux, droit à des bureaux donnant sur les crypto-dolmens rongés par la pollution automobile, ce qui était déjà mieux. Tel était le cas d'Héloïse de Monasquiel, dont Simon, après avoir erré dans des étages silencieux, avait fini par déchiffrer le nom sur une porte.

Assise sur un siège quelque peu surélevé, la grande femme en chignon et tailleur d'un goût exquis l'accueillit telle une reine en son boudoir, lui faisant aimablement signe d'approcher.

– Vous avez trouvé sans problème ? demanda-t-elle.

– Sans problème, confirma Simon.

– Vous connaissez peut-être la maison ?

– Un peu, confirma derechef Simon. J'y ai suivi un séminaire il y a longtemps.

– Alors, vous savez sans doute qui occupait ce bureau avant moi ?

– Euh, bafouilla Simon, qui ne voyait pas.

– Pébé, voyons, lança Héloïse de Monasquiel, avec un sourire charmant.

– Pardon ? dit Simon.

– Pierre Bourdieu, voyons. P.B., comme disaient ses collaborateurs.

– Ah, dit Simon, qui ne connaissait que les livres du grand sociologue.

– Et après lui ? demandait la dame, un peu mutine.

– Eh bien, bafouilla de nouveau Simon.

– Iouri Zaïtsev, lors de son année sabbatique en France.

– Ah, dit encore Simon en essayant de prendre un air convaincu, mais en étant parfaitement conscient qu'il paraissait seulement assez niais.

– Des hommes toujours entourés de femmes splendides, ces deux-là.

Simon allait dire "ah" sur un ton toujours plus intéressé, mais il songea qu'il risquait seulement de s'enfoncer davantage.

– Et maintenant, comme vous pouvez le constater, c'est moi.

– Très bien, acquiesça Simon, se rendant compte qu'il devait s'agir là d'un accomplissement à ne pas sous-estimer.

Histoire de justifier un peu plus sa présence mal assurée, il poursuivit sur un registre volontairement modeste :

– Je savais que vous travailliez à la MSH depuis que je vous avais entendue au grand symposium de Royaumont et c'est la raison pour laquelle je me suis permis…

Mais ce que se permettait ou non Simon ne retenait visiblement guère l'attention d'Héloïse de Monasquiel, qui continuait à monologuer, d'une voix presque songeuse :

– Quand Fernand Braudel m'a accueillie ici pour la première fois…

Malgré les airs entendus que s'efforçait désormais d'adopter son visiteur, elle parut saisie d'un doute.

– Braudel, l'immense historien, fondateur de cette maison, vous voyez ?

– Oui, oui, s'empressa de la rassurer Simon, je vois parfaitement.

– Quand il m'a accueillie, j'étais encore très jeune et Fernand était déjà très vieux. Mais il m'a dit avec une galanterie exquise : "Héloïse, un jour, vos talents feront de vous l'occupante de l'un de ces bureaux." Étonnant, cette prescience qu'il avait en tout, n'est-ce pas ? Je n'ai retrouvé cela que plus tard lorsque, grâce à une recommandation d'Umberto Eco, j'ai été nommée à la Villa Médicis hors les murs et que son directeur d'alors, Balthus…

Elle s'interrompit en regardant Simon, légèrement méfiante. Là, quoique étourdi par ce déluge de noms célèbres, il sentit qu'il avait un créneau.

– Un peintre plein de mystère, articula-t-il avec conviction.

Peut-être l'examen de passage social était-il terminé, car Mme de Monasquiel lui montra un fauteuil métallique qui avait connu des jours meilleurs et lui dit :

– Mais je bavarde, je bavarde ! Asseyez-vous, je vous en prie…

– Merci, dit Simon, en sortant le carnet sur lequel il prenait des notes. Je me suis donc permis de faire appel à vous pour…

– Oui, pour évoquer mon ami Iouri Zaïtsev. Un grand esprit, une pensée novatrice, un acteur de premier plan dans l'actuelle redistribution géopolitique au sein de l'aire d'influence russe, en particulier. J'en parlais encore récemment avec un autre ami, le président Gourbangouli Berdimoukhamedov, qui a fait appel à ses services.

Héloïse de Monasquiel jaugea Simon d'un regard méfiant, comme elle l'aurait fait d'un petit journaliste perdu dans les steppes de l'Asie centrale.

– Ce nom vous dit quelque chose, je suppose ?

Et voilà. Comme dans tout oral qui se respecte, il y avait une ultime question destinée à déstabiliser le candidat au moment où il se relâchait en pensant que c'était gagné. Mais, par chance, Simon avait la réponse.

– Tout à fait, affirma-t-il donc, sûr de son affaire, c'est celui du président turkmène.

– Très bien, approuva la grande dame. Savez-vous qu'il s'est adressé à Iouri pour remodeler sa communication gouvernementale ?

Cela, Simon ne le savait pas, même s'il avait son opinion quant à la communication paraissant plutôt déficiente sur le plan démocratique du Turkménistan. Mais on était décidément passé à autre chose et, sans attendre, Héloïse de Monasquiel enchaîna :

– Peu de gens le savent puisque ni le président ni son conseiller n'en font état publiquement. Les activités de Iouri et de sa petite équipe sont très diversifiées, n'est-ce pas. À quel titre vous intéressez-vous à lui ?

– Eh bien, commença prudemment Simon. Sa vie, ses écrits, son action…

Le regard de la maîtresse du boudoir se fit carrément professoral et Simon se retrouva de nouveau en position d'élève sous-doué.

– J'espère qu'il s'agit là d'une manière légère de présenter votre recherche ?

– Ce n'est pas à proprement parler une recherche, madame, avoua Simon en faisant profil bas. Plutôt un travail de vulgarisation destiné à redonner sa juste place à un intellectuel peut-être un peu oublié.

– Oublié de qui, monsieur ? Des ignorants qui font la pluie et le beau temps dans les médias ? Mais Iouri Zaïtsev est infiniment plus influent aujourd'hui qu'il ne l'était à l'époque où ils lui tressaient de ces petites couronnes franco-françaises dont des gens comme lui n'ont plus que faire dans un monde où les enjeux sont désormais à l'échelle planétaire !

Autant les choses s'étaient déroulées de façon relativement profitable avec le malheureux Piboyaux – auquel Simon avait été dûment recommandé par Borthombe, il fallait le souligner –, autant elles menaçaient de tourner au vinaigre avec cette rencontre qu'il avait jugé utile de susciter dans un bureau aux murs fatigués, couverts de coupures de presse où l'occupante des lieux posait en compagnie de grands et moins grands leaders se répartissant des sources du Danube au détroit de Béring.

– J'ai bien connu Iouri, très bien connu, insistait-elle, peut-être de manière un peu trop insistante, alors qu'il travaillait à sa nouvelle théorie sur la mise en récit de la gouvernance. À l'époque, il n'était pas encore devenu le conseiller influent qu'il serait par la suite. Il commençait à susciter l'intérêt dans des milieux économiques d'ordinaire assez peu réceptifs aux recherches universitaires, mais son côté novateur, pour ne pas dire provocateur, suscitait parfois l'incompréhension.

– Depuis qu'il avait assuré un cours au Collège de France, tenta Simon pour montrer qu'il n'était pas totalement à côté de la plaque, M. Zaïtsev jouissait tout de même d'une légitimité certaine, non ?

– Cela ne suffisait pas pour un étranger qui n'était pas du sérail et sortait de surcroît de l'ancien bloc socialiste. Je me souviens du jour où il est revenu ici même d'un déjeuner au tout nouveau Cercle de l'industrie. Il avait exposé devant des grands patrons, plutôt éclairés pourtant, sa théorie en cours d'élaboration, celle du miroir sans tain, ainsi qu'il la nommait…

Héloïse de Monasquiel eut l'un de ses regards scrutateurs pour Simon.

– Cela vous dit quelque chose, n'est-ce pas ?

Même quand il se faisait rembarrer, Simon avait affûté ses réflexes et il opina chaleureusement du bonnet, sans laisser deviner un instant à son interlocutrice ce qu'il en pensait, de cette théorie sur la réversibilité des opinions publiques.

– Eh bien, Iouri avait l'impression que les esprits trop frileux de la vieille Europe n'en voyaient pas le potentiel, empêtrés qu'ils étaient dans leur moralisme réformiste…

Le mouvement d'approbation vertical de la tête de Simon se transforma insensiblement en hochement d'apitoiement horizontal ne pouvant nullement laisser deviner que, malgré sa jeunesse, il partageait plutôt les réticences de vieux esprits frileux.

– On peut même dire que c'est précisément ici, derrière ce bureau, que Iouri Zaïtsev a commencé à concevoir le rôle de missionnaire itinérant de la modernité qui allait être le sien. Moi, j'étais là, assise à votre place, et je me flatte de l'avoir aidé à construire son destin par mes encouragements auxquels il accordait grand crédit. Après son départ pour la prestigieuse université *Ivy League* de Summerville, où il était invité par l'Institute of international affairs, je me suis faite la propagatrice de sa pensée dans diverses enceintes européennes, mais ce n'était plus pareil, voyez-vous…

Héloïse de Monasquiel s'interrompit.

Les yeux dans le vague, elle semblait se remémorer avec émotion un moment passé. Simon, touché malgré lui par ce relatif moment d'abandon, finissait de noircir avec trop d'application une page de son carnet lorsqu'il y eut un léger bruit derrière la porte. Reprenant sa royale assurance habituelle, la directrice d'études lança un "entrez" sonore, peut-être soulagée de pouvoir couper court à certaines évocations.

Un mastard en costume Prada, cheveux gominés et forte odeur de parfum pour homme, s'encadra dans la porte.

– Goran ! dit la dame d'une voix chaude. Approche, approche…

En s'éloignant du chambranle, le dandy carré et parfumé laissa apparaître un autre costaud. En jean effrangé et tennis éculés, celui-ci sentait incontestablement le salami à l'ail.

– Antonin ! dit la dame. Viens, ne sois pas timide.

Ni Antonin ni Goran ne paraissaient particulièrement timides, à vrai dire. Deux montagnes de chair qui avaient plutôt du mal à tenir dans l'espace malgré tout réduit d'un local en phase terminale.

– Ma garde rapprochée, commenta Mme de Monasquiel, en se rengorgeant légèrement comme si c'était une plaisanterie, mais Simon sentait bien que ce n'était pas tout à fait le cas, que ça faisait en quelque sorte contrepoint aux hommes couverts de femmes qui étaient passés là jadis.

– Un Roumain et un Serbe, poursuivait-elle. Tous les deux doctorants, ils sont en compétition mais ils s'entendent bien, n'est-ce pas, les garçons ?

Les deux costauds opinèrent du bonnet avec conviction, les odeurs de salami à l'ail et de parfum pour homme se mêlèrent de façon légèrement écœurante.

– Alors, où en est-on ? demanda leur patronne.

– Tout est calé ou presque, madame, commença le Roumain. Les gens que vous souhaitiez réunir autour de vous pour votre communication seront là, ceux dont vous ne vouliez même pas comme auditeurs dans la salle n'y seront pas.

Il avait un accent rocailleux mais un français efficace.

– McGrawth, de Summerville ? demanda Héloïse de Monasquiel.

– Il arrivera le matin malgré qu'il est en tour de conférences dans les pays Baltes, dit le Serbe en consultant des papiers qu'il tenait à la main.

Il avait une prononciation impeccable mais une syntaxe plus hésitante, semblait-il.

– Von App, de Berlin ?

– Il proviendra de Chisinau en Moldavie où il se tient en résidence de recherche sur les troubles de Transnistrie, dix heures d'autocar seul moyen de transport possible, mais il sera là, rien que pour être agréable à vous, madame, il a insisté vis-à-vis de moi, dit encore le Serbe en consultant une sortie d'ordinateur.

– Istanbul m'envoie qui, finalement ?

– Beyamoglu, dit Antonin le Roumain.

– Parfait. Elena et Tsurtaveli sont confirmés pour l'Ukraine et la Georgie ?

– C'est ce que m'ont assuré les organisateurs, madame. Leurs billets électroniques ont même déjà été pris.

– Eh bien, Antonin, votre beau pays est en train d'accéder aux formes d'organisation modernes !

– Merci, madame. Mais l'hospitalité roumaine sait également rester traditionnelle. Après le colloque, une navette viendra prendre les participants dans leur hôtel de Constanza et les emmènera pour une croisière dans le delta du Danube. Une journée et une nuit. Vous aurez bien sûr une cabine individuelle et un marin à votre seule disposition.

– Esturgeon et caviar au menu, commenta avec une moue Héloïse de Monasquiel pour Simon. Ça risque d'être un peu monotone, mais nous n'allons pas nous plaindre…

Non, nous n'allons pas nous plaindre, songeait Simon par-devers lui, en se demandant comment quitter les lieux en douceur.

Il n'eut pas longtemps à gamberger. Bien que la fenêtre donnant sur la rue du Cherche-Midi n'ait pas bougé d'un poil, il y eut soudain une sorte de courant d'air aussi froid que le vent qui devait tourbillonner autour des vrais alignements de mégalithes des îles Hébrides.

– Car tout s'annonce très bien n'est-ce pas ? disait à la cantonade l'habituée des colloques top niveau.

Silence des deux mastards, effluve de parfum teinté de sueur venant du veston ajusté du brillantiné, renvoi alliacé de salami balkanique sortant de chez le débraillé, inquiétude perceptible chez tout le monde, sauf bien entendu chez Simon qui se demandait seulement ce qui se passait.

– Eh bien ? s'enquérait d'un ton assez impérieux Héloïse de Monasquiel.

– Problème… eurgh… avec Moscou, dit Antonin le Roumain en étouffant son rot d'une main d'étrangleur.

– Celui que vous considérez volontairement… je veux dire volontiers… corrigea Goran le Serbe… comme ami à vous, M. Za…

– Un instant, le coupa sa patronne d'un ton maintenant tout à fait impérieux, avant de se tourner avec un charmant sourire vers Simon et de lui lancer : je crois que nous en avions terminé, monsieur Sartel ?

– Saltiel, corrigea mécaniquement Simon en commençant à se lever du fauteuil, dont le revêtement en skaï s'avéra passablement collant.

– Eh bien, comme vous le voyez, monsieur Saltiel, ces rencontres à l'étranger sont très délicates à monter avec tous les ridicules problèmes d'étiquette qu'elles soulèvent. Alors je crois plus sage de ne pas vous retenir car nous risquons d'en avoir pour un certain temps…

– Je comprends très bien, madame, dit Simon, qui était debout, rangeait son carnet et faisait route vers la porte dont s'écartaient les deux costauds pour le laisser passer.

– Ces affaires de préséance, dit encore Mme de Monasquiel avec son rire de gorge le plus mondain, c'est la plaie de la diplomatie scientifique comme celle de la diplomatie tout court. Envoyez-moi un courriel si vous avez besoin de compléments, d'accord ?

– Je n'y manquerai pas, madame, mais j'ai déjà appris beaucoup de choses grâce à vous.

La porte se referma derrière lui sans bruit et il devina que l'un des deux lourds s'y adossait de tout son poids pour éviter une intrusion non souhaitée.

Simon longeait un couloir presque totalement obscur dans le soir tombant et il allait dépasser une porte située dans une espèce de cul-de-sac lorsque celle-ci s'entrouvrit et laissa filtrer un rai de lumière douce ainsi qu'un :

– Pas trop pressé de quitter ces lieux funèbres ?

Il ralentit le pas et découvrit un visage dans l'entrebâillement de la porte. Celui d'un moine orthodoxe ou d'un savant atomiste soviétique, songea-t-il un instant. À moins que ce ne fût un hommage à Raspoutine, souligné par le contre-jour. Une longue barbe mal soignée, une chevelure hirsute, des vêtements informes semblant constellés de jaune d'œuf. Mais des petits yeux d'un bleu perçant et un ton amical en dépit d'un accent russe à couper au couteau.

– Non, non, dit Simon d'une voix hésitante.

– Eh bien, entrez chez moi, dit Raspoutine.

L'endroit ne ressemblait pas vraiment à un bureau et, à en juger par sa forme biscornue et son absence de fenêtre, il avait dû jadis être réservé à un local technique ou servir de cabinet de rangement. Mais, bizarrement, il ressemblait assez à un "chez-soi" ou, en tout cas, à une cellule de monastère ou de prison habitée de longue date par la même personne.

Ici, les murs n'étaient pas piqués de coupures de presse, mais tapissés de splendides icônes. Le Christ, les apôtres, les saints, les martyrs, ils étaient tous là, luisant doucement sur leurs panneaux de bois vernissés, répartis harmonieusement autour d'une belle lampe de table. Il avait une Vierge de tendresse pressant sa joue contre celle de l'enfant Jésus, une Vierge des signes aux mains levées en prière, quelques pièces magnifiques où Simon – qui se trouvait ici en terrain relativement familier – reconnut des icônes restaurées par Léonide Ouspensky, le vieux peintre-théologien de Montparnasse, auquel il s'était intéressé pour certaines de ses recherches sur la peinture religieuse.

– Magnifique collection, balbutia Simon, ému par ces visages extatiques.

– Pas vraiment une collection, corrigea aimablement Raspoutine en s'approchant d'un samovar électrique qui reposait sur une étagère proche de la porte. Ce sont plutôt des reliques personnelles.

Derrière le samovar, il y avait une affiche du film de Tarkovski représentant le très ancien peintre et miniaturiste Andreï Roublev. Un peu décollée par des atteintes répétées de vapeur d'eau, elle devait elle aussi faire partie de cette espèce d'iconostase séparant l'étrange lieu clos du reste de la MSH, tout comme dans une église orthodoxe elle sépare le monde divin du monde humain.

– Du thé ? demanda l'ermite barbu.

– Volontiers, dit Simon, qui, sans savoir pourquoi, et en dépit de l'étrangeté de la situation, se sentait plutôt mieux que chez Héloïse de Monasquiel.

– Elle vous a fait le coup de son *name dropping* infernal ? lui disait justement Raspoutine, sans avoir besoin de préciser à qui il faisait allusion.

– Braudel, Bourdieu, Balthus, dit Simon dans un sourire, mais en évitant, sans trop savoir pourquoi, de citer Zaïtsev.

– Aujourd'hui, il n'y a pas eu Derrida ou Foucault, avec lesquels elle a également été intime, comme chacun sait ?

Le moine barbu et mal soigné, auquel il était difficile de donner un âge précis, rajoutait de l'eau dans le thé très noir et posait d'une main potelée une tasse de porcelaine sur la table.

– Non, non, dit fermement Simon, qui ne voulait pas être désobligeant avec la grande spécialiste de géopolitique qui l'avait tout de même reçu. C'était juste pour m'expliquer le contexte.

– Le contexte, oui, bien sûr, marmonna l'anachorète de la rue du Cherche-Midi en se servant une tasse de thé bouillant.

– Mais il y a d'autres noms qui auraient pu être évoqués pour comprendre le contexte, ajouta-t-il en buvant une petite gorgée. Ceux-là, ça m'étonnerait qu'elle les ait prononcés. Demersedjian ? Abdolhassan Bashi ? Istomin-le-jeune ? Koustanaï le Kazakh ? Sans parler de Saccomano à Washington ou de Rojas en Amérique latine ? Non ?

Ce n'étaient pas les patronymes tout aussi étrangers qu'il avait entendus à propos du colloque de Constanza, et qu'il n'avait pas l'intention d'évoquer. Simon dit seulement, en sirotant une gorgée :

– Ces noms-là, je ne les connais pas.

– Rien d'étonnant, personne ne les connaît. Pas davantage que ceux de nos amis Antonin et Goran. Je veux dire leurs vrais noms, à ces faux étudiants. Vous les avez croisés, ces deux-là, il me semble ?

– Oui, admit Simon, qui ne voyait pas trop vers quoi tendait la conversation mais trouvait qu'elle prenait une tonalité inquiétante.

– Certaines personnes les connaissent pourtant très bien, tous ces noms, notamment l'homme auquel vous vous intéressez. Ce sont des noms de l'ombre, mais des noms influents.

– Comment savez-vous que je m'intéresse à quelqu'un ? demanda poliment Simon, en reposant sa tasse d'une main légèrement tremblante.

– C'est un tout petit monde que celui dans lequel vous commencez à entrer. Géographiquement, il est énorme, et politiquement, il est insondable. Mais si les informations viennent parfois de très loin ou sortent de très profond, elles circulent très vite quand même.

L'agréable torpeur dont Simon avait été saisi en rentrant dans la pièce à la lumière douce s'était dissipée et il se demandait s'il n'était pas en train d'être manipulé. Mais dans quel but ? Il regarda sa montre et le reclus du couloir lui dit :

– Il se fait tard et la maison se vide. Vous avez raison de vouloir sortir avant la fermeture des portes.

– Et vous, monsieur ? demanda Simon, en prononçant le "monsieur" d'un air interrogateur, car il aurait bien aimé découvrir l'identité de son interlocuteur.

Mais l'amateur d'icônes ne saisit pas la perche ainsi tendue et dit seulement :

– Non, moi je ne bouge pas. Du travail, toujours du travail.

Raspoutine eut un geste vague englobant aussi bien les magnifiques icônes que le samovar argenté ou un ordinateur que Simon découvrit tardivement derrière lui en se levant.

– D'ailleurs, dit le faux Raspoutine, il y a si longtemps que je suis... comment dire... de permanence dans cette maison, qu'on a oublié de me décompter dans les effectifs qui vont bientôt être amenés à déménager. Amusant, non ?

Simon balbutia un remerciement pour le thé et un compliment pour les icônes tandis que la porte du placard se refermait. Dans ce qui restait de lumière rosée, il eut le temps de remarquer qu'il y avait eu une plaque portant sans doute un nom, plaque qui avait été soigneusement dévissée et dont il ne restait qu'un rectangle blanchâtre.

Au milieu de l'obscurité et du silence, il commença à chercher la sortie. Étourdi par tous les patronymes célèbres ou inconnus, vrais ou faux, importants ou dérisoires, qu'il avait ingurgités depuis deux heures, il buta dans un repli de moquette et manqua s'étaler de tout son long.

Dehors, juste en face, il y avait le Lutétia illuminé, mais ce n'était pas le jour d'une bloody-mary. Simon commença à remonter d'un bon pas le boulevard Raspail pour rentrer chez lui.

10. FRAGMENT DE VIE UNIVERSITAIRE

Bataille rangée hier soir dans le Val d'Ourcq. Douze blessés dont trois étudiants et un enseignant. Le quartier est entièrement bouclé par les forces de l'ordre et la gare du RER fermée jusqu'à nouvel ordre.

Des échauffourées ont éclaté hier soir vers 21 heures lorsque des habitants de la Cité des Jonquilles, proche du campus de l'université Val d'Ourcq-Paris XV, ont voulu forcer les portes du grand amphithéâtre où devait se produire un orchestre de rock iranien. En dépit de la modicité du ticket d'entrée, fixé à 10 euros et destiné à soutenir des musiciens emprisonnés à Téhéran, une bagarre a éclaté auprès du guichet improvisé dans le hall et tenu par des étudiants du mouvement Ourcq en Luttes. Très vite les choses ont dégénéré entre les militants d'extrême gauche, pourtant partisans déclarés d'un front commun entre travailleurs et étudiants, et les jeunes venus de la Cité, qui réclamaient la gratuité du spectacle. Le temps que la police parvienne sur les lieux, le chargé de communication de Paris XV, ayant voulu s'interposer, avait été jeté dans le canal voisin et plusieurs membres d'Ourcq en Luttes frappés brutalement en dépit de leur tentative de parlementer. L'affrontement allait se poursuivre dans les rues adjacentes et la proche station de RER, de façon plus classique, entre forces de l'ordre et groupes de jeunes, faisant à nouveau des blessés. Notre envoyé sur place fait le point avec M. Romain Cromelatte, chargé de communication de l'université du Val d'Ourcq, brièvement hospitalisé à la suite de son séjour dans le canal.

Simon coupa France Info et soupira. Ce n'était pas encore aujourd'hui qu'il allait assurer son cours de licence du jeudi, sur l'art du portrait en littérature et en peinture. Et comme, dans pratiquement toutes les facs de France, la semaine se terminait de fait le jeudi, ce n'était pas le lendemain qu'il pourrait le remplacer.

11. UNE BELLE JOURNÉE ?

– Tu reveux de ma tarte aux pommes ?

– Merci tata, elle est délicieuse.

– Ça veut dire que tu en reveux ? Je suis sûre que tu n'as pas pris un vrai petit-déjeuner, lui disait sa tante Charlotte, en faisant glisser le plat rond sur la toile cirée de la table de cuisine.

– Juste une petite part, alors.

Sa tante découpait adroitement un triangle doré à point, servait Simon dans une odeur de fruits tièdes, de cannelle rousse, de pâte brisée légèrement brunie.

– J'ai entendu les nouvelles à la radio. Il y a encore eu du grabuge dans ton université, non ?

– La routine, tata, la routine.

– N'empêche que ça ne doit pas être agréable pour toi de travailler là-bas. Mange de la tarte, ça te fera du bien.

– C'est vrai que ça me fait du bien, mais je dois jouer au tennis avec Étienne tout à l'heure, alors il ne faut pas que je me bourre, tu comprends ?

– C'est toujours lui qui gagne ?

La tante Charlotte, dont la maison de Gentilly se trouvait à deux encablures du stade Charléty, où il avait rendez-vous un peu plus tard avec son ami, était une inconditionnelle d'Étienne Moulineaux, qu'elle voyait de temps à autre à la télé. Il lui avait un jour rendu une visite durant laquelle ils avaient parlé ensemble de leurs romans populaires favoris et la personnalité d'Étienne l'avait subjuguée. Qu'un auteur connu comme lui ait des lectures communes avec une ancienne vendeuse de la Samaritaine et qu'il prenne plaisir à en parler avec elle, ça l'avait sidérée.

– Non, Étienne ne gagne pas toujours, on est presque de la même force, mais comme il est très malin, il faut que je fasse attention.

– Et le reste, tu y fais attention ? demandait sa tante, en grignotant un tout petit bout de tarte.

Elle faisait semblant de regarder son jardin où, à côté de son carré de fines herbes, s'ouvraient les premiers bourgeons, ceux du pommier du Japon. Comme ça, l'air de rien, pour ne pas ennuyer Simon. Mais il savait très bien à quoi elle pensait. À Élise. Car la tante Charlotte avait aussi été une inconditionnelle d'Élise. "Une jeune fille parfaite", disait-elle toujours. Simon était d'accord. Cent pour cent d'accord. Mais voilà, Élise était partie. Élise était très jeune. Élise voulait voir d'autres choses. Élise était en train de faire le tour de l'Australie avec des copines qui étaient très jeunes et qui voulaient voir d'autres choses et qui étaient également des jeunes filles parfaites. Avant de partir, elle lui avait dit qu'elle l'aimerait toujours. Depuis aussi, elle le lui disait, dans des mails de plus en plus espacés.

– Tu as quelqu'un ? Ce n'est pas bon de rester seul à ton âge. Ni d'ailleurs à aucun âge.

La tante Charlotte était seule. Mais elle avait eu une vie bien remplie.

– J'ai une amie, dit-il pour rassurer sa vieille tante.

– Du sérieux ?

– Non, tata. Mais on s'entend bien.

– Tant mieux.

– J'ai aussi une sorte de nouveau travail.

– Pas en banlieue nord, j'espère ?

La tante Charlotte avait un solide patriotisme de banlieue sud.

– Tu t'étioles dans ces coins sinistres de là-haut, ajouta-t-elle. Il faut bouger de là.

– Justement, ça devrait me faire voyager.

– Rencontrer du monde, aussi ?
– Oui, tata, j'en ai l'impression.
– J'en suis bien contente pour toi, mon petit.
– Il va falloir que j'y aille, dit Simon en consultant sa montre et en se levant.
– Il ne faut pas oublier ce que je vous ai préparé pour votre déjeuner après le match, Étienne et toi.
Sa tante se levait et disparaissait un instant dans sa cuisine immaculée, revenant bientôt avec un paquet soigneusement emballé.
– C'est bien fermé mais tu fais attention à ne pas le renverser, hein ?
– C'est quoi ? demanda Simon en plaçant le paquet entre ses raquettes et en le calant avec une serviette éponge dans son sac de sport.
– Tu verras. Six minutes à réchauffer dans ton micro-ondes. Tu pourras faire des pommes de terre en robe de chambre pour accompagner. Tu en as chez toi au moins ?
Simon se courbait légèrement pour embrasser sa tante sur le front, à la limite de ses cheveux blancs tout fins et très légèrement teintés de mauve.
– J'en ai, ne t'en fais pas.
– C'est vrai, ça ?
C'était vrai et il était déjà dans la rue, bordée de maisons biscornues qui n'étaient même pas des vrais pavillons, trottinant vers le stade Charléty dont on apercevait les formes arachnoïdes au-delà du vrombissement sourd du périph.

Une douce odeur de sauge et de petits oignons commençait à s'élever.
– Avantage service, balle de set, avait lancé Étienne en armant son service.
C'était plié, Simon l'avait senti. Au lieu de rester concentré, il avait commencé à penser à autre chose, et cette autre

chose, c'était cette foutue histoire dans laquelle il se sentait embarqué.

Il y avait eu quelques échanges pas très élégants, des coups un peu crispés par l'enjeu, des balles trop courtes avec des frappes rapides et sèches.

Et puis l'envie de gagner d'Étienne, comme souvent, avait été plus forte que l'envie de ne pas perdre de Simon, qui avait raté une volée facile.

– Eh ben voilà, avait conclu Simon, la jouant très fair-play, 6-4, jeu et set pour toi.

– Ouais, avait approuvé Étienne, tout content.

Le brillant professeur avait perdu le premier set sur le score sans appel de 6-1 et il était trop tard pour en engager un troisième. Ainsi, de part et d'autre, on avait pu partir parfaitement satisfait avec un set chacun.

Mais quand même, c'était idiot de s'être mis à gamberger au lieu de rester bien sur le jeu, ressassait maintenant Simon, en sortant les patates de la casserole bosselée de son gaz. Il aurait pu le gagner, ce jeu, et à 5-5, ayant redressé la barre et ayant quand même pas mal d'années de moins qu'Étienne, il aurait pu…

– Qu'est-ce qu'elle nous a fait ta tante ? Ça sent incroyablement bon, lançait celui-ci à partir de la pièce d'à côté, où il s'était installé sur le canapé Ikea en quittant sa douche pendant que Simon terminait les préparatifs du repas.

– Une gibelotte de lapin à la sauge, dit Simon, en ouvrant la porte du micro-ondes.

– Ta tante Charlotte, c'est une femme merveilleuse, commenta Étienne.

Simon, portant un plat sur lequel il avait disposé la gibelotte au centre et les pommes de terre en rond autour, s'approcha de la table. Étienne se leva en reposant sur le canapé les papiers qu'il feuilletait négligemment à son arrivée. C'est lui qui s'était occupé du vin et il y avait une bouteille de Pernand-Vergelesse déjà ouverte.

Les deux amis s'étaient assis, ils levèrent leur verre à la belle couleur rubis, trinquèrent silencieusement, burent une gorgée.

– La gibelotte, dit Simon en commençant le service.

– D'accord, dit Étienne, j'ai un petit creux.

Il regardait Simon à travers le chatoiement de son bourgogne.

– C'est quoi, tous ces noms ?

– Quels noms ?

– Ne joue pas les innocents. J'ai regardé tes notes.

– C'est dingue, hein, comme ça prolifère ?

Simon but une gorgée de vin sans rien dire.

– Von App, de Berlin, grande famille de diplomates depuis Bismarck, il a des connexions sociales partout, des Balkans au Caucase. Beyamoglu, ancien kemaliste tourné ultranationaliste. Elena, connais pas, une amie de madame, je suppose. Tsurtaveli, ne compte pas, c'est juste pour faire plaisir à un vague institut de recherche georgien. Tout ce beau monde constitue le cercle des notables post-marxistes recyclés ici ou là en spécialistes de la démocratie autoritaire, aussi appelée verticale du pouvoir, et abonnés aux colloques sur le sujet.

– Et les autres, puisque je vois que tu les as tous en tête ?

– Demersedjian, Abdolhassan Bashi, Istomin-le-jeune, Saccomano, Koustanaï le Kazakh ? Inconnus. Rien à voir en tout cas avec le milieu intellectuel ou prétendu tel. Des hommes de l'ombre.

– Et le nom de celui qui les a évoqués ? Comme je ne l'ai pas mentionné faute de le connaître, il aura fallu que tu le trouves tout seul, celui-là.

Étienne reculait sa chaise, s'essuyait précautionneusement les lèvres avec l'une des serviettes en papier qu'avait disposées Simon sur la table.

– Oui. Je pense que c'est Nikita Krenitzin. Philosophe de formation. Dissident de la première heure. Expulsé d'URSS dans les années 70 pour ses textes diffusés sous forme de samizdat. Il a été un temps à l'université de Vincennes. Puis il a disparu. À vrai dire, je croyais qu'il était mort.

Il y eut un silence tandis que les deux amis finissaient leurs assiettes en les sauçant sans vergogne.

– Il n'y a plus rien à manger, dit Simon en se levant pour desservir.

– C'était parfait, l'assura Étienne. Mais cette quête dans laquelle tu t'engages l'est beaucoup moins, parfaite. Il y a un truc qui sent mauvais, là-dedans.

– J'ai rendez-vous avec Borthombe tout à l'heure, dit Simon en revenant vers la table pour emporter les verres et la bouteille. Je ne sais pas ce qu'il me veut. Mais il va peut-être m'éclairer un peu plus.

– Fais gaffe, dit Étienne. Comme, si j'ai bien compris, il te demande une discrétion absolue, commence par lui. Inutile de lui raconter tout ce que tu as déjà glané.

– De toute façon, je ne sais pas pour l'instant quelle en est la signification, dit Simon.

– Raison de plus pour te taire.

Étienne regardait sa montre.

– Moi aussi, j'ai un rendez-vous, juste à côté.

– À la Fondation Cartier ?

– Pour mon livre en cours, oui.

– Toujours *Les Marques de l'Art ?*

– Je me tâte. Peut-être plutôt *L'Art des Marques.* Tous ces industriels du luxe qui prétendent se refaire une virginité en devenant mécènes, toutes ces expositions niaiseuses genre MJC avec plein de sous, c'est obscène.

– Tu ne va pas te faire que des amis avec un bouquin comme ça, dit Simon, qui était en train de tout faire disparaître dans sa cuisine américaine minuscule.

– Ça vaut mieux que de se faire des ennemis potentiellement beaucoup plus dangereux que les coteries culturelles.

– La bonne vieille théorie du complot, hein ? lança Simon, bravache.

Étienne ébouriffa les cheveux blonds de Simon d'un geste paternel et ouvrit la porte.

– Ne fais rien sans me tenir au courant, d'accord ? dit-il.

Il sortit dans le charmant passage d'Enfer, sur lequel donnait en rez-de-chaussée l'appartement de Simon, et il s'éloigna en balançant son sac de sport au-dessus des pavés irréguliers.

"Lorsque le nom de Iouri Zaïtsev est évoqué, il fait immédiatement surgir celui de figures tutélaires de la pensée occidentale, de Paris à Rome et bien au-delà, telle celle de l'historien Fernand Braudel auquel il est considéré par certains comme digne d'être comparé…"

– Non, attends, dit Simon, on ne peut pas…

– C'est juste pour voir ce que ça donne avec la suite, en reprenant la veine exotique qu'on avait explorée, pour faire contraste.

"Mais bien loin de repères certes prestigieux quoique un peu convenus, c'est aussi le grand souffle de la taïga qu'évoque la personnalité de Zaïtsev, l'exotisme puissant de collaborations avec un Bourgangouli Moukhaberdou…"

– Putain, il faut que je regarde mieux tes notes, dit Monique, il y a vraiment des noms propres à coucher dehors, là-dedans…

"Gourbangouli Berdimoukhamedov…" tapa Monique de ses beaux doigts courant sur son clavier.

– Quand on parle du loup ! interrompit Borthombe, en pénétrant dans le bureau rabougri de Monique, où celle-ci s'amusait à retravailler les notes de Simon tandis qu'ils attendaient le patron de BEST, en retard comme souvent.

Monique éteignit son ordinateur et Simon fit disparaître son carnet dans la poche de son blouson.

– On fait des cachotteries ? demanda Borthombe d'un ton bonhomme.

– C'est pas mûr, dit Monique.

– Qui c'est, le loup dont on parlait sans le savoir ? dit Simon.

– Le patron du Turkménistan, auquel les choses que vous planquez font référence, si je comprends bien.

– Il paraît que Zaïtsev fait du consulting auprès de la présidence.

– Exact, confirma Borthombe. C'est même pour cette raison que tu vas y aller.

– Pardon ? dit Simon.

– Je te l'enlève, dit Borthombe à Monique, en prenant Simon par le coude pour l'entraîner vers l'open space de la maison d'édition.

– D'accord, dit Monique en allumant une Gauloise d'une main et son ordinateur de l'autre. J'ai encore du boulot sur le chéri des ménagères de moins de cinquante ans, si on ne veut pas ruiner sa réputation et la nôtre.

– Ça avance ?

– Dernière ligne droite. Mais tout le monde le considère comme un caractériel détestable, de la production jusqu'aux éclairagistes. Alors il faut moduler…

– Je te fais confiance, dit Borthombe.

Ils longeaient les plantes exotiques, évitaient la fontaine à eau purifiée, contournaient les box occupés par des jeunes femmes très bien de leur personne, dépassaient Audrey l'assistante impeccable qui couvait des yeux le maître des lieux, pénétraient dans son bureau personnel, avec le meuble ressemblant à un hologramme en 3D.

– Comme ça, je pars en Asie centrale ? demanda Simon en s'asseyant dans le fauteuil réservé aux visiteurs.

– Nous t'avons concocté un périple qui devrait te changer du Val d'Ourcq, dit Borthombe en faisant surgir un dossier de nulle part. On t'a pris un billet tour du monde parce que ça revenait moins cher, mais en classe affaires, et en *open* pour que tu puisses changer de vol s'il y a des contretemps.

Simon regardait les destinations plus ou moins exotiques qui s'alignaient, certaines ne le surprenant pas vraiment, d'autres le laissant plus perplexe.

– Rangoun, vraiment ?

– Oui, dit Borthombe. Il y a là-bas quelqu'un qui a des choses à dire sur Zaïtsev. Tu as des préventions contre la Birmanie ?

– Le Myanmar, corrigea Simon. Non, aucune réserve. Je suis sûr que je vais aimer les décorations des temples.

– Tu ne t'en vas pas pour faire de l'histoire de l'art, sourit Borthombe, jouant machinalement avec son Montblanc.

– Je m'en doute.

– Tous ces gens que tu dois voir, c'est pour accumuler du matériel en vue de ta rencontre avec Zaïtsev qui interviendra plus tard, quand il sera rentré d'une mission top secret pour le moment.

– Toujours des infos sous embargo avec toi, hein ? ironisa Simon.

Borthombe ne releva pas et ajouta seulement :

– Tu peux partir rapidos ?

Simon réfléchit.

– Il faut que je dépose une demande d'autorisation d'absence à l'université.

– Facile, je me suis renseigné, ça marche toujours.

– C'est vrai, convint Simon.

– Tu t'en occupes dès demain ?

– Oui, mais il y a un peu de paperasse.

– Moi, je te donne la liste des contacts qu'on m'a fait parvenir.

– C'est qui "on" ? Zaïtsev lui-même ?

– Eh bien… dit Borthombe.

Pour une fois, le patron de BEST avait un air légèrement embarrassé et il regardait maintenant les multiples cadrans de sa montre, sans doute très coûteuse, comme si l'un d'entre eux pouvait lui apporter une réponse satisfaisante.

– C'est lui qui m'autorise à voir certaines personnes pour rédiger sa biographie autorisée, oui ou non ? insista Simon.

– En ce moment, on a un petit problème de transmission avec Moscou. Mais je pense que c'est lui, oui. En tout cas, il s'agit d'une liste de gens travaillant plus ou moins pour sa boîte, Zaïtsev Consulting. C'est une petite multinationale à lui tout seul, maintenant, tu sais.

– D'accord, dit Simon d'un ton intrépide. On verra bien. Tu me donnes les coordonnées de ces gens ? Il faut que j'y aille…

Borthombe faisait jaillir de son bureau, paraissant se maintenir en l'air comme en suspension, quelques nouveaux feuillets que Simon attrapait sans les lire et fourrait dans sa poche, avec le billet tour du monde.

– C'est nous qui prendrons à nos frais tes abonnements Internet pendant ton voyage, tu nous donnes ça demain, on s'en occupe.

– D'accord, dit Simon. Il faut vraiment que j'y aille.

Il ne fallait pas tant que cela qu'il y aille. Mais il allait falloir.

Simon commença à marcher à longues enjambées. C'était la fin d'après-midi, il y avait du soleil et des grandes ombres parce qu'on abordait tout juste le début du printemps. Rue du Bac, il dépassa la boutique de sciences naturelles pleine d'animaux fantastiques qu'il avait tant aimée avant qu'elle brûle, même s'il n'avait jamais eu les moyens de s'y acheter autre chose qu'un papillon bleu, qu'il trimballait partout depuis, épinglé dans sa boîte.

Arrivé sur le pont Royal, il s'arrêta un instant pour envoyer un texto :

Je peux venir ? Simon

Gardant son appareil dans la main et observant la Seine très haute qui coulait sous les arches anciennes, il attendit la réponse, car il savait qu'elle n'allait pas tarder.

Je t'attends. Alice

Voilà. Il fallait qu'il y aille.

Il continua cependant à pied. Depuis sa jeunesse, depuis la période de sa scolarité au lycée Turgot, avant même d'être accepté en hypokhâgne à Henry IV en tout cas, Simon avait toujours aimé traverser Paris à pied, en vélo, et même en métro pour avoir le plaisir de sortir à une station inconnue de lui. Bientôt, marchant à bonne allure, il dépassa l'Opéra et commença à monter vers la place Blanche, dans ces quartiers un peu incertains qu'il aimait bien.

Alice Collins habitait au mitan de la butte Montmartre, dans un hôtel particulier art déco de l'avenue Junot. Son père avait été un richissime publicitaire ayant revendu son affaire au bon moment et s'était depuis retiré en Suisse, avec l'essentiel du magot et sa quatrième épouse. Mais Alice disposait encore de beaucoup d'argent, dont elle ne savait trop que faire. Elle jouait admirablement du piano, elle aimait boire du champagne et lire de gros romans. Elle ne semblait jamais s'ennuyer.

Elle ouvrit la porte ornée de ferrures décoratives et accueillit Simon d'un baiser sur la bouche. L'entraînant par la main, elle se déplaçait avec beaucoup de grâce, sans aucun bruit, dans le corridor de l'hôtel particulier qui menait au grand salon. Celui-ci disposait d'une scène parfaitement bien agencée, avec des coulisses et des cintres, et jadis on y avait donné des spectacles privés ou des pièces pour enfants dans lesquelles Alice s'était produite, parée de vêtements dessinés pour elle par son père. Maintenant, le lieu occulté par des rideaux cramoisis demeurait silencieux, plongé dans la pénombre, et il était très rare qu'Alice joue encore sur le Bösendorfer de concert placé en biseau côté cour.

Entraînant toujours Simon, elle se dirigea vers le petit salon attenant. Par la fenêtre, on apercevait le Sacré-Cœur, spectral et contourné, dans la nuit qui tombait. Il y avait un seau à champagne sur un guéridon et, d'un geste habile, Alice fit sauter le bouchon.

Quand ils se retrouvaient, ce qui était le cas assez régulièrement depuis quelques mois, Simon et Alice parlaient peu. Ils s'étaient connus dans une exposition de peinture hollandaise assez médiocre et parfaitement déserte, un matin de l'automne précédent, plantés tous les deux devant un tableau au format modeste de Dirk Terhoeven, avec des patineurs en rouge sur de la glace bleutée.

– De la peinture de genre réaliste, avait dit Simon. Mais si on regarde bien…

– … si on regarde bien, avait continué Alice, il y a quelque chose d'étrange.

Ils étaient sortis de l'expo dans des rafales de vent et avaient marché un peu au hasard. À un moment, Alice avait passé son bras sous celui de Simon et avait chuchoté :

– On va chez moi.

Ils avaient fait l'amour aussitôt franchie la porte ornée de ferrures.

Et c'est ce qu'ils allaient faire aujourd'hui, sur le grand sofa, derrière lequel la basilique blanchâtre commençait à s'estomper.

Alice glissa sa main dans la chemise ouverte de Simon et la posa bien à plat sur sa poitrine.

Il ferma les yeux, respira l'odeur de ses longs cheveux bruns.

12. FRAGMENT DE VIE UNIVERSITAIRE

– Voilà ton ordre de mission, dit le premier vice-président, en tendant un formulaire en trois exemplaires à Simon. Tu n'as plus qu'à remplir les cases que j'ai laissées vides.

Le premier V.P. avait été guéri de sa sciatique par un acupuncteur chinois installé entre une boucherie hallal et un temple pentecôtiste se trouvant près de la gare RER. Mais il avait la mine aussi fripée que les feuillets qu'il tendait à son jeune collègue.

– Qu'est-ce qu'il leur est arrivé, à ces papiers ? demanda Simon, tout en griffonnant sa date de naissance, son numéro de sécu, sa spécialité ("littérature comparée", ah, ah...), avant d'aborder le motif de son absence et la durée de celle-ci.

– J'ai été obligé de faire des photocopies de vieux formulaires après avoir effacé au Tipp-Ex ce qui y avait été porté à la main.

Voilà ce qui expliquait, outre le papier fatigué, les traces grisâtres en lieu et place des blancs à remplir.

– Plus de stock ? demanda Simon, sans s'émouvoir outre mesure.

– Il y a eu un début d'incendie dans le local attenant au secrétariat, dit le V.P. d'un ton las.

– Un acte de malveillance ? s'inquiéta Simon, en levant les yeux de son troisième exemplaire.

– Non, d'après le vieux Canterel, c'est l'humidité remontant du sous-sol qui a flanqué un court-circuit dans des fils électriques dénudés.

– Tu n'as pas eu le temps d'en faire refaire ?

– Deux congés formation, un congé maladie et un congé maternité, tout le secrétariat est absent jusqu'à la semaine prochaine, avoua le vice-président, toujours d'un ton las.

– Ok, dit Simon, préférant ne pas insister sur ce qui, de toute évidence, contribuait à la lassitude de son interlocuteur. Qu'est-ce que je mets comme motif d'absence ?

– Recherches en vue de l'habilitation, comme tout le monde, non ? proposa le vice-président.

Dans la course d'obstacles infinis que constituait une carrière de maître de conférences, l'habilitation remplaçait avantageusement l'ancienne thèse d'État et prenait presque autant de temps, ce qui était bien sûr le but, afin d'éviter le trop-plein de candidats à des postes de professeur proposés au compte-gouttes.

– Ce n'est pas tout à fait exact, dit Simon, honnête, et qui d'ailleurs ne pensait presque jamais à une future habilitation dont il ne voyait pas vraiment l'intérêt.

– Tout le monde s'en fiche de ce que tu mets, tu sais bien, dit le vice-président. La seule ligne importante, c'est celle d'après, et les cases qu'il faut cocher.

"Frais de déplacement et de séjour à la charge du..." lut Simon.

– Voilà, le problème c'est que la fac ne peut pas payer. Le centre de recherche auquel tu es rattaché non plus, je suppose. Alors à la charge du ?

– Du demandeur, cocha et dit Simon.

Il était resté discret sur les vraies raisons de son périple et avait seulement signalé que c'était sa maison d'édition qui payait, sans préciser le nom de celle-ci. Tandis qu'il cochait les cases similaires sur les doubles, il demanda encore :

– Et les dates ?

– Ce qui t'arrange. Tu mets juste que les cours seront remplacés.

– Par qui ?

– Par toi, quand tu pourras. Tu penses partir quand ?

– Dans deux jours.

– C'est serré. Je signe tout de suite et je transmets. On régularisera plus tard. Tu penses rentrer quand ?

– Dans deux semaines maxi.

– Eh bien, tu finis de mettre tout ça noir sur blanc et tu me donnes ces torchons.

– Merci, dit Simon, en tendant les feuillets vers le vice-président.

– Je n'ai aucun mérite, dit celui-ci, jamais un ordre de mission gratuit n'est refusé.

– Merci quand même de me laisser partir.

– Tu as bien de la chance… Un tour du monde… Ça vaut mieux que tourner en rond au Val d'Ourcq, crois-moi.

– C'est plus calme, ici, quand même ? suggéra Simon, en espérant terminer l'entretien sur une note moins désabusée.

La porte de communication avec le bureau adjacent s'ouvrit sans que personne se fût annoncé.

C'était Cromelatte, le chargé de communication. Il s'approcha, toujours sanglé dans un costume très près du corps.

– Grande nouvelle, monsieur le vice-président, grande nouvelle, lança-t-il de sa voix toujours aussi sérieuse.

Le V.P. regarda l'intrus par-dessus ses lunettes.

– Oui ? dit-il, sans enthousiasme particulier.

– Le cabinet Barney's accepte de nous auditer ! Il faut immédiatement prévenir le président à la clinique de la MGEN !

– Vous croyez ? demanda le V.P.

– Absolument, monsieur, c'est une nouvelle qui va certainement le remettre sur pied !

Le V.P. poussa un gros soupir et Simon s'éclipsa discrètement. Derrière lui, il entendait l'organe vibrant d'enthousiasme du chargé de com', évoquant la rénovation drastique de Paris XV-Val d'Ourcq, son inscription, un jour, sans doute, en bonne place au classement de Shanghai…

13. VITESSE MODERNE

Au fond, Simon était déçu. Pas seulement par l'absence du professeur Dieter Von App, décidément retenu en Moldavie. Mais déçu par une attitude que jusqu'alors il ne croyait pas germanique : un rendez-vous reporté trois fois de suite, à l'institut Kultur- und Kunstwissenschaften dépendant de l'université Humboldt de Berlin.

En France, oui, ce genre de chose était prévisible, voire normal. Mais ici, dans la patrie de l'exactitude, non !

– *Soll ich einen neuen Termin für Sie vereinbaren ?*

Non, merci, pas de nouveau rendez-vous, trop tard maintenant pour rencontrer le professeur. La secrétaire de l'institut, paraissant à vrai dire aussi décontenancée que Simon, expliquait qu'il était difficile de joindre la province irrédentiste de Transnistrie où se trouvait en principe le professeur…

Simon était déjà sur son vélo de location haut perché, longeant les cours intérieures successives de briques ocre, débouchant sur la Sophienstrasse. Le vieux quartier de l'ancien Berlin-Est était en cours d'embourgeoisement ultra-rapide. De belles jeunes filles et de grands jeunes gens, juchés eux aussi sur des bécanes gigantesques, filaient le long des rues, où se multipliaient les restaurants proposant toutes les cuisines du monde et d'ailleurs – thaïe, éthiopienne, néo-zélandaise, nordique, organique, fusion, martienne peut-être – à l'exception notable de toute nourriture allemande. Il y avait aussi des boutiques de fringues et de design pas très différentes de ce qu'on voyait partout, des ateliers de jeunes créateurs proposant à la vente des objets dont la destination demeurait en revanche un peu cryptique aux yeux de Simon.

Alors qu'il empruntait pour la première fois depuis les trois jours qu'il était là une ruelle encore en travaux, il tomba en arrêt devant une enseigne aux lettres rondouillardes d'un beau rouge carmin années 70, annonçant : *Kartofelland*. Sur une ardoise qui devait remonter elle aussi aux années communistes, on annonçait le plat du jour : boulettes avec de la purée. Mais ce n'était pas le moment de se laisser aller à la nostalgie d'un monde en voie de disparition totale. Il fallait pédaler vers le *design hotel* où l'attendait son bagage, rendre la bicyclette et foncer vers l'aéroport de Tegel, s'il ne voulait pas rater le rendez-vous suivant. Il arriva sur la gigantesque Karl-Marx-Allee, ancienne Stalinallee, où résidaient jadis les apparatchiks désormais déchus. La prochaine étape serait peut-être plus profitable.

– Saltiel, c'est un nom juif, ça ?

Le vice-recteur Arkadi Liebed, chargé des questions générales à l'université Lomonossov de Moscou, venait d'apparaître devant Simon. Celui-ci attendait depuis près de deux heures dans une sorte d'antichambre sentant vaguement le chou aigre, située au trente-deuxième étage du gratte-ciel soviétique abritant l'université, avec ses trente-trois kilomètres de couloirs, ses cinq mille pièces, sa décoration mastoc et fanée.

Il aurait fallu lui répondre, au vice-recteur, que la mère de Simon était normande, que son père venait d'une famille laïque depuis…

Mais Arkadi Liebed, un homme âgé qui avait des touffes de poils lui sortant du nez et des oreilles, des sourcils hérissés protubérants, une toison couvrant ses mains puissantes et des pieds plats grands comme des assiettes, se dirigeait déjà vers le bureau, poussait sa double porte sans même vérifier si Simon le suivait.

– Vous pensiez rencontrer qui, exactement ? lança-t-il, en s'asseyant sur une sorte de trône en bois sombre.

Le lieu, plus ou moins entretenu, sentait la poussière et l'abandon. Liebed observait Simon de ses petits yeux injectés de sang, mais l'origine raciale de celui-ci ne paraissait plus l'intéresser. Peut-être s'était-il déjà forgé une opinion définitive, d'ailleurs ? On sentait qu'il n'était pas homme à s'embarrasser d'arguties dilatoires ou de considérations balancées.

– Eh bien… hem… On m'avait laissé entendre que M. Zaïtsev…

– On dit : professeur Zaïtsev, coupa le vice-recteur.

– Oui, pardon, on m'avait dit (le "on" n'était autre que Borthombe, évidemment)… j'espérais que le professeur Zaïtsev, sur lequel nous préparons un petit ouvrage…

Le vice-recteur le regardait sans aménité particulière et poursuivait, dans un français rocailleux mais très maîtrisé :

– On ne vous a pas dit ou laissé entendre que le professeur Zaïtsev n'était plus dans ces murs ?

– Non, bredouilla Simon. Je ne savais pas…

– J'ai repris son bureau qui en d'autres temps, figurez-vous, avait été le mien.

– Ah, dit Simon, qui sentait que tout cela n'annonçait rien de bon, mais restait déterminé à tenter quelque chose.

– Le professeur Zaïtsev se trouve-t-il ailleurs à Moscou ? poursuivit-il bravement, en sortant son carnet, dans l'espoir de glaner au moins une adresse ou un numéro de téléphone.

Le vice-recteur, à la pilosité aussi inquiétante que ses yeux rouges, l'observait comme s'il avait été un insecte minuscule.

– J'ai été jadis le mentor du professeur Zaïtsev, mais il y a bien longtemps que nos routes se sont séparées. Je n'ai donc aucune idée de l'endroit où il peut se trouver présentement. Et rangez-moi ce carnet, voulez-vous ?

Simon s'exécuta.

– Voilà, monsieur Saltiel. Je vous ai reçu par correction. *A seytchas ya poprochou vas viyti.*

Le grand vieillard hirsute se levait en traînant ses pieds plats, lui montrait la double porte restée entrebâillée.

– Vous avez compris ce que je vous ai dit, monsieur Saltiel ? martela le vice-recteur, planté sur le seuil de son ancien bureau redevenu son nouveau bureau.

Simon avait compris. Il sortit, donc, et il se retrouva rapidement en bas, car l'ascenseur, avec son liftier au visage mou et blanc comme un gros *pelmeni* à la pomme de terre, marchait à merveille, même s'il sentait lui aussi le chou aigre.

L'université Lomonossov ne ressemblait en rien à une université française, et à vrai dire à aucune université connue. Mais si ses portes monumentales en bois verni dégageaient encore un certain sentiment de grandeur, elles étaient condamnées depuis longtemps et, pour déboucher sur l'esplanade, il fallait emprunter une espèce de sas étroit et vermoulu, faire attention à ne pas se prendre les pieds dans des carrelages disjoints. On sentait bien que les activités intellectuelles ne constituaient pas une priorité locale, tant la ville était dominée par une brutalité pragmatique aveugle à toute autre valeur que l'argent.

Simon s'apprêtait à traverser l'une des avenues surdimensionnées de la capitale en songeant que ce deuxième rendez-vous, même s'il avait en quelque sorte eu lieu, ne s'était guère révélé plus profitable que son entrevue manquée de Berlin.

Un 4x4 Humvee aux vitres noires, roulant à tombeau ouvert sur Lemonosovskiy Prospekt, déserte à cette heure, le frôla. Il sauta adroitement en arrière, demeura immobile, le cœur battant. C'était le genre d'engin qui avait remplacé les locomotives blindées de l'époque révolutionnaire, mais ne s'embarrassait pas davantage d'individus n'allant pas dans le sens de l'histoire. Alors, fallait-il considérer cet incident comme une sorte d'avertissement sans frais ? Mais de la part de qui ? De ceux qui avaient fait ressortir le vieil ours soviétique Arkadi Liebed de sa tanière hivernale ?

On voyait encore en contrebas des plaques de glace dérivant sur la Volga. Et il y avait des tas de neige grise au coin des rues aux trottoirs inégaux. L'hiver, lui avait dit Marina, avait été rude : jusqu'à moins quarante et un. Ce qui, même pour des résidents chevronnés de Nijni-Novgorod, et même si le sauna, la vodka et le lard de cochon pouvaient aider à tenir le coup sans s'attraper une pleurésie, laissait des traces en ce début de printemps hésitant. Il faisait encore moins cinq, Marina toussait malgré son manteau de fourrure, et Simon grelottait dans son blouson légèrement matelassé qui, bien qu'acheté en son temps au Vieux Campeur, se révélait décidément conçu pour d'autres longitudes.

Ils s'approchaient d'une étonnante superstructure, peu éloignée de l'université de linguistique Dobrolioubov. C'était une sorte d'immense échafaudage métallique rouillé, s'élançant vers le ciel avant de se prolonger en un toboggan cabossé qui s'arrêtait abruptement au-dessus d'un abîme. Au fond de l'abîme, coulait le fleuve gigantesque.

– C'est quoi ? demanda Simon, qui ne comprenait pas la fonction de l'étrange construction, autour de laquelle de minuscules manèges pour enfants semblaient endormis depuis des lustres.

– Le tremplin de saut à ski, dit Marina. L'hiver, il y a toujours des passionnés, surtout parmi ceux qui travaillent dans les usines d'armement voisines.

Elle parlait un français très coulé et très doux, ce qui n'avait rien d'étonnant puisque l'université Dobrolioubov avait longtemps été l'une des plus réputées de l'URSS pour l'enseignement des langues et fournissait notamment le KGB en interprètes et analystes de haut niveau. Les choses s'étaient quelque peu gâtées depuis et Marina lui avait confié qu'ils préparaient surtout des jeunes filles au physique prometteur à des tâches d'hôtellerie, ou rattachées à cette branche d'activité, ce que Simon n'avait pas jugé opportun d'approfondir.

Ils se dirigeaient vers une grande et sombre isba qui semblait avoir été posée de traviole au fond d'un jardinet mal tenu.

– Iouri Zaïtsev venait parfois dans cette maison pour passer la soirée, dit Marina. Et avant lui, lorsque la ville s'appelait encore Gorki, il y avait eu Andreï Sakharov, qui était assigné à résidence ici.

– Le professeur Zaïtsev enseignait à votre université ?

– Oui, je l'ai connu quand j'y étais jeune étudiante. Il avait un cours de linguistique appliquée.

– Appliquée à quoi ?

– Au vocabulaire politique, par exemple. Il disait qu'il fallait moderniser tous les vieux concepts léninistes qui étaient aussi vermoulus que cette maison, que c'était par le verbe qu'il fallait commencer la reconstruction du système.

Ils dépassaient la vieille isba aux murs de guingois, parfaitement silencieuse dans le froid, se dirigeaient vers le kremlin dont on apercevait l'enceinte rosée au-dessus des toits de la vieille ville.

– C'est ici qu'ont été testés des mots comme "glasnost" ou "perestroïka". Ils remplaçaient avantageusement la dictature du prolétariat ou le centralisme démocratique, n'est-ce pas…

– Les étudiants comme vous participaient aux recherches de Zaïtsev ?

– Oui, dit Marina, c'était assez nouveau, assez démocratique, je dirais. Mais…

Elle se retourna en toussant. Simon en fit autant. Ils étaient seuls à marcher dans la rue Varvarskaya, qui s'assombrissait rapidement.

– Il y avait quelqu'un, souffla Marina.

– Ça arrive, dit Simon.
– Non, dit Marina, ça n'arrive plus, en principe.
– Tout de même, plaisanta Simon.
Mais la femme d'une cinquantaine d'années avec laquelle il devisait depuis près d'une demi-heure frissonna dans son manteau de fourrure un peu élimé.
– Non, redit-elle.
Elle toussa. Et puis resta silencieuse.

Il faisait une chaleur étouffante dans l'avion parti de Moscou-Domodedovo depuis de longues heures et qui sentait de plus en plus mauvais. Des hommes d'affaires américains parlant très fort se plaignaient, appelaient l'unique steward qui avait des mains de bûcheron, exigeaient de voir le pilote enfermé à double tour dans son cockpit, malmenaient leurs iPods devenus muets, se déplaçaient en chaussettes pour aller aux toilettes, tandis que des Russes buvaient de la vodka sans bouger, regardant à travers les hublots pour tenter de deviner ce qui se passait dehors, derrière la brume épaisse.

L'appareil se trouvait sur le tarmac de l'aéroport Saparmurat Turkmenbashi, ainsi nommé en l'honneur du prédécesseur de Gourbangouli Berdimoukhamedov. Ce dernier, un ancien dentiste devenu ministre de la Santé, avait été chargé à ce titre d'organiser les funérailles du défunt président avant de prendre sa place, en éliminant l'héritier constitutionnellement désigné. C'était en 2007 que l'entreprise de conseil créée par Zaïtsev avait été contactée pour rendre les choses un peu plus présentables. Et cela faisait plus d'un an que Sergueï Istomin, dit Istomin-le-jeune, selon l'ermite de la Maison des sciences de l'homme (qui paraissait soudain très éloignée), résidait de façon semblait-il plus ou moins permanente à Achgabat, en tant que représentant de Zaïtsev. Simon ne savait pas pourquoi on insistait sur la jeunesse d'Istomin, n'ayant pu trouver trace sur le Net d'un Istomin-père ou apparenté. Mais ce qui était sûr, c'était que, quelque part derrière la brume impénétrable, le conseiller Istomin l'attendait au palais présidentiel, ou du moins aurait dû l'attendre.

Il y eut du brouhaha chez les Américains, de plus en plus furax, et le bruit se mit à courir qu'il y avait un soulèvement dans le centre de la capitale. Quelqu'un soutint même qu'il avait cru entendre des explosions, un autre évoqua d'un air compétent une rafale d'armes lourdes. Les Russes ne disaient rien et, de toute évidence, ne parlaient aucune autre langue que la leur. Ils n'essayaient même plus de deviner ce qui se passait dehors, comme si l'affaire, d'une manière ou d'une autre, était pliée et qu'il n'y avait plus rien à en dire. Simon ferma les yeux, étendit ses longues jambes...

Depuis trois jours qu'il se trouvait à Rangoun, Simon profitait des charmes du vieil hôtel Strand, un ancien palace colonial pourvu d'une climatisation qui atténuait un peu pour lui le choc climatique. Il faisait en effet un petit quarante degrés dehors et un soleil implacable se réfléchissait sur l'or des stupas des temples bouddhistes dominant de leur éclatante beauté la misère noire du reste de la ville. À part les défilés incessants de camions bondés de jeunes soldats et un lent trafic de cargos semblant sur le point de couler dans les flots boueux de l'Irrawaddy, il n'y avait aucune véritable activité économique autre que le bazar à l'agitation fiévreuse.

Lorsque l'avion de la Turkmenistan Airlines avait finalement quitté les pistes de l'aéroport d'Achgabat après un plein de kérosène, il avait pris la direction de Bangkok, seul aéroport étranger desservi ce jour-là par les lignes nationales, ce qui avait fait fulminer les Américains et plongé les Russes dans un mutisme catatonique. Le seul que ça arrangeait, puisque son itinéraire avait été construit avec une escale en

Thaïlande, c'était Simon. Ensuite, la remontée vers la Birmanie, devenue Myanmar sous la dictature aussi implacable que le soleil, avait été facile. Sauf que, une fois encore, celui qu'il aurait dû rencontrer n'était pas là et une fois encore Simon se demandait si c'était volontaire ou non, dirigé contre le projet de Borthombe ou non, malpoli à son égard ou non, manigancé par Zaïtsev ou non, signe de quelque chose qui ne tournait pas rond en tout cas, mais quoi ?

Dans cette ville fermée, aucune information extérieure ne filtrait et le Strand était le seul établissement privé à recevoir l'édition asiatique du *Tribune.* Il avait fallu un certain temps à Simon, qui dès le premier jour avait acheté l'unique exemplaire disponible, pour comprendre la règle non écrite. Alors qu'il s'apprêtait à déposer négligemment dans une corbeille à papier le journal un peu froissé dans lequel il avait cherché en vain trace d'un éventuel coup d'État turkmène, le barman s'était approché respectueusement et lui avait dit :

– *If you please, sir, no !*

Sur le coup, il n'avait pas saisi ce que le jeune homme à l'anglais rudimentaire lui voulait : racheter son journal, un peu moins cher qu'il ne l'avait lui-même payé une heure plus tôt. Simon s'était plié à l'opération de bonne grâce et, les jours suivants, avait suivi le manège du quotidien, dont la valeur marchande baissait au fil de la journée, mais qui restait négociable jusqu'aux arrivées du soir, celles des pétroliers et autres gaillards menant des entreprises étrangères dans le nord du pays.

Pour tromper l'ennui qui s'installait en dépit des fresques des temples, et en quelque sorte par habitude, Simon alla visiter l'université. La junte militaire au pouvoir depuis cinq décennies – et longtemps intitulée SLORC, un acronyme de méchants qu'on aurait pu croire sorti d'un *James Bond* d'époque – avait trouvé une solution définitive aux problèmes qui taraudaient Paris XV et tant d'autres lieux de savoir dans le monde : par détestation des professeurs et des étudiants portés à la contestation, le SLORC et ses héritiers avaient purement et simplement fermé la fac ! La jungle luxuriante reprenait le terrain, et on voyait des racines s'étendre le long des rayonnages vides de bibliothèques, des bougainvillées sortir des salles de classe désertées, des lianes s'échapper des anciennes résidences étudiantes.

Il faudrait que Simon parle de cela à ses amis qui lui manquaient, et au premier d'entre eux, Étienne, à qui cette élégante résolution de la question des sciences humaines et autres activités intellectuelles néfastes ne manquerait pas d'inspirer une réflexion intéressante.

Enfin il y eut un fax, arrivé dans le cagibi derrière le bar et disant :

Désolé, retenu au Laos. Vous propose RV à l'aéroport de Luang Prabang demain, 2 p.m. J'attends votre réponse.

Demersedjian

Le blouson matelassé du Vieux Campeur se révélait de plus en plus inapproprié. Comme toujours quand il voyageait, Simon n'avait qu'un bagage à main, de façon à éviter les attentes et les déboires réservés par des valises mises en soute. Mais ce maudit blouson coincé entre les poignées de son sac lui pourrissait quand même la vie depuis que le thermomètre restait obstinément fixé entre trente et quarante degrés. Pouvait-il s'en débarrasser, ici et maintenant ? Sans doute ferait-il un heureux s'il le laissait sous son siège en partant ? Mais comment savoir la météo que lui réservait la suite de son périple ?

Pour l'instant, il était installé dans la salle VIP du minuscule aéroport au toit s'inspirant avec un bonheur tout relatif de celui d'une pagode ; il n'y avait que des mobylettes garées sur la piste d'atterrissage. On lui avait dit qu'un appareil en provenance du nord du pays était annoncé. Il attendait donc, seul dans la salle aux boiseries ayant connu des jours meilleurs, avec un ventilateur essoufflé qui pivotait sur lui-même en grinçant. Il rêvassait en regardant les paillotes qui jouxtaient le bâtiment central et où se concentrait la très faible activité du lieu… Élise sous une cahute de ce genre dans le bush australien… Alice dans la pénombre de son hôtel particulier… Les images de deux corps se superposaient comme si le film sautait… Une bouffée de chaleur qui n'avait rien à voir avec l'air torride de Luang Prabang envahit Simon…

Un avion à hélices se posa sans un bruit et Simon le vit rouler derrière les vitres sales du *VIP Lounge.* Un homme portant un sac à dos négligemment jeté sur l'épaule en sortit, marchant d'un pas rapide vers la fausse pagode de l'aéroport. Simon se leva, un peu ankylosé, s'étira, prit son sac et son blouson, s'approcha de la porte. Mais l'autre était déjà là, lui tendant la main.

– Demersedjian, lança-t-il. Il fait une chaleur à crever là-dedans, vous ne trouvez pas ?

Simon trouvait, oui.

– On va aller boire une bière dehors, on sera mieux pour parler.

Ils s'approchèrent de l'une des paillotes dispensant une ombre bienveillante sur la terre rouge qui voletait alentour.

– On m'a dit que vous étiez passé par Nijni ? demanda Demersedjian.

C'était un type solide au visage buriné, en vêtements de baroudeur, mais avec des lunettes lui donnant l'air d'un intellectuel égaré dans un régiment de parachutistes.

– Vous connaissez ? questionna Simon.

– Très bien. J'étais là-bas quand Iouri s'y trouvait. Pas vraiment le même domaine de compétence que lui, à cette époque-là. Mais nous sommes restés liés. Comment va Marina ?

– Elle tousse, dit Simon, sans savoir pourquoi. Il fait toujours très froid.

– Oui, dit Demersedjian. Depuis que je travaille dans tous ces foutus pays tropicaux, il m'arrive d'avoir la nostalgie des longs hivers alors que dans le temps je n'aimais pas ça.

Un petit homme au sourire édenté leur tendait deux bières bien fraîches. Derrière la planche qui faisait office de comptoir, sous une autre paillote, il y avait un grand billard parfaitement entretenu, souvenir d'une lointaine colonisation française dont les autres traces s'effaçaient irrémédiablement.

Soulevant sa canette, Demersedjian déclara :

– Désolé de vous avoir fait attendre à Rangoun. Mais comme c'est très agité en ce moment, avec des attentats, des trucs de ce genre-là, je circule beaucoup entre les deux pays. Ils ont une frontière commune, vous le savez peut-être.

– À part ça et leurs minorités, pas grand-chose d'autre en commun, non ? dit Simon, qui avait un peu potassé en buvant des thés glacés au Strand.

– Sur le papier, non. Mais sur l'échiquier géopolitique, si. Et c'est pour cela que Iouri m'a chargé de suivre nos affaires ici, parce qu'il a très vite vu que c'étaient des pays à potentiel.

– Sur le plan économique ?

– Vous plaisantez ? La situation de leurs populations est catastrophique. Et de toute façon, nous ne nous occupons pas de développement. Pour cela, il y a des ONG côté théoriquement moral et des multinationales côté prétendument immoral. Mais sur le plan symbolique, les deux régimes nous autorisent à mettre en œuvre l'une des nouvelles préconisations de Iouri sur l'utilisation de l'irrationnel dans le passage à la modernité.

Simon avait sorti son carnet et l'Arménien ne faisait pas objection, devisant agréablement en fixant les montagnes lointaines et buvant de petites gorgées de bière.

– Que veut dire par là le professeur Zaïtsev ?
– Vous pouvez l'appeler Iouri.
– Tout le monde ne me conseille pas ça, protesta Simon.
– C'est tout de même lui qui vous envoie, non ? Pour un bouquin sur sa vie-son œuvre, non ?
– D'accord, Iouri, acquiesça Simon, qui ne souhaitait pas faire dévier la conversation et qui, crayon en l'air, montrait qu'il était tout disposé à retranscrire ce qui allait suivre.
Demersedjian ne se fit pas prier.
– Comme vous le savez aussi, l'ancienne Birmanie est tombée depuis longtemps sous la coupe de l'armée. Tandis qu'ici, c'est toujours le parti révolutionnaire populaire lao qui détient le pouvoir. Des militaires d'un côté. Des communistes de l'autre. Des gens rationnels, en principe.
– Historiquement, ça peut se discuter, objecta Simon.
– Plus encore que vous ne le croyez. Savez-vous par exemple que le SLORC et ses héritiers ne prennent des décisions que sous la dictée de leurs astrologues ?
– Il y a quand même eu des élections récemment ? avança Simon.
– Poudre aux yeux, balaya Demersedjian. Pour nous rien n'a changé au Myanmar. Et le Laos reste soumis à un Politburo coiffant un Front d'édification nationale, avec des commissaires du peuple sillonnant les villages comme au bon vieux temps léniniste. Mais dans les deux pays il y a toujours des attentats non revendiqués dans les coins les plus perdus de la forêt.
Simon attendait la fin du raisonnement, comme il l'eût fait en compagnie d'Étienne.
– Eh bien, c'est dans ce contexte que nous intervenons. Comment séduire des pétroliers, des électriciens, des Chinois, le FMI, l'ASEAN, que sais-je, en tenant un discours fondé à la fois sur des pratiques ancestrales et montrant qu'on veut aller de l'avant ? Une fois de plus Iouri a anticipé.

Alors nous fournissons aux uns et aux autres des éléments de langage acceptables en direction de l'international. Avec des adaptations, bien sûr, il faut arranger les choses en fonction des us et coutumes tout en pensant global, vous voyez ? D'un côté il convient que ça brille, même si de l'autre côté tout est plongé dans le noir. Iouri appelle ça le miroir sans tain…

Aussi abruptement qu'il s'était lancé, Demersedjian se tut et Simon resta le crayon en l'air.

– Voilà, vous pouvez faire état de ce que je viens de vous expliquer, dit aimablement Demersedjian en attrapant son sac à dos.

– J'aurais aimé quelques questions plus personnelles à propos du professeur… de monsieur… je veux dire de Iouri, s'accrocha Simon.

– Eh bien, vous les lui poserez, non ? dit Demersedjian. Je dois repartir.

Il s'en allait déjà vers la pagode de l'aéroport et Simon entendait les hélices de son avion qui se mettaient à tourner. L'Arménien avait oublié de payer les bières, comme le fit comprendre par gestes le tenancier édenté de la paillote. Simon régla.

L'iPhone de Simon, qui s'était comme endormi dans les lieux très froids ou très chauds – mais surtout très contrôlés – par lesquels il était passé au cours des derniers jours, sembla se réveiller dans l'immense aéroport de Hong-Kong où tout – au contraire – était fait pour communiquer. Il lui fallut cependant un petit moment avant de se rendre compte qu'il avait un peu perdu la notion du temps au fil de ses péripéties aéronautiques. Il était huit heures du matin le dimanche en Europe et il n'y avait personne, mais vraiment personne – pas même Alice Collins pourtant toujours si disponible – pour lui répondre de l'autre côté.

Il se contenta donc de faire défiler les quelques messages qui parlaient plus ou moins de quelque chose le concernant. Il y en avait un de Bertrand Borthombe lui annonçant que le professeur Piboyaux était sorti du coma, ce qui était bien ; mais lui annonçant aussi que la chaloupe chargée de convoyer Mme de Monasquiel dans le delta du Danube était portée disparue et sa passagère avec, ce qui était moins bien. Par ailleurs, le silence de Simon inquiétait Borthombe, qui lui demandait de lui faire un point de sa tournée.

Simon s'exécuta, sans entrer dans les détails.

Il y avait aussi un signe amical de Monique, lui enjoignant de ne pas oublier la couleur locale : "Les idées c'est bien, les descriptions c'est mieux, les dialogues encore mieux. Fais gaffe à ce que tu manges et à ce que tu bois. Ne touche pas aux petites filles. Reviens entier. Biz"

Simon lui envoya des biz aussi.

Il y avait un texte plus développé d'Étienne. Lui aussi évoquait la disparition d'Héloïse de Monasquiel, que la presse avait signalée deux jours plus tôt. Il faisait également état de l'absence de Von App au fameux colloque de Constanza, qui avait précédé les festivités nautiques. Et Étienne poursuivait, assez pénible comme il pouvait l'être : "Il y a quelque chose qui cloche, mon p'tit Simon. Je n'aime pas trop te savoir sur les routes avec tous ces types louches gravitant autour de Zaïtsev à divers titres. Fais attention. Et donne-moi une PREUVE DE VIE. Dare-dare."

Ils l'embêtaient, tous ceux qui lui disaient de se méfier. Se méfier de quoi ? C'était décevant, tous ces rendez-vous. Et il se rendait bien compte que les types louches faisaient régner un écran de fumée plutôt que de lui ouvrir le rideau de scène. Mais, pour le moment, personne ne lui avait tiré dans le dos ou n'avait versé un poison quelconque dans ses bouteilles d'eau minérale. Le Humvee noir pouvait être une simple marque d'humour moscovite à l'égard d'un étranger ne connaissant pas les règles de la circulation locale. Il n'était même pas certain que Marina n'eût pas rêvé être suivie dans les rues glaciales de Nijni-Novgorod.

Il donna néanmoins une preuve de vie agrémentée de quelques anecdotes rassurantes à son ami.

Il y avait aussi un texte de quatre pages de long émanant du COLECU de Paris XV et faisant allusion à l'agression délibérée du ministère, qui venait de nommer une mission d'audit (!!!!!) avec un cabinet PRIVÉ (!!!!!!!) d'origine ANGLO-SAXONNE (!!!!!!!!!!!) chargé d'évaluer les PERFORMANCES (!!!!!!!!!!!!!!!!!!!) de l'université du Val d'Ourcq.

On annonçait son avion et Simon dut faire un faux geste car le message du COLECU s'effaça malencontreusement.

Il attrapa son sac, ainsi que son putain de blouson, qui mollissait comme une peau d'animal mort sous la moiteur de l'air extérieur, malgré la clim absolument impeccable de l'aéroport Chek Lap Kok.

Finalement, ce blouson il avait quand même eu raison de le garder. Parce que, à cette heure matinale, les rues vertigineuses de La Paz étaient encore glaciales, tout comme l'hôtel non chauffé dans lequel Simon avait passé la nuit à grelotter après son arrivée tardive sur un vol en provenance du Chili. L'immeuble de l'Academia Diplomática de Bolivia avait un lourd péristyle orné de colonnes doriques en béton cru. Quoique plus ou moins bien ravalée, la bâtisse semblait dépourvue de vie réelle et le concierge qui sortit de sa loge sombre pour indiquer un escalier monumental à Simon ne paraissait guère plus vivant.

– *Segundo piso a la izquierda, señor.*

Simon commença à escalader les marches deux par deux. Il avait tort : on s'essoufflait vite dans ce pays. Une porte en bois ouvragé se trouvait entrouverte dans le couloir du premier étage et Simon entendit des bruits sourds qui en sortaient. Il s'avança et poussa légèrement le lourd battant patiné par le temps. Les bruits, c'étaient ceux de quelqu'un qui enfournait des dossiers dans deux grosses valises en cuir posées sur le sol.

– *¿Señor Rojas?* demanda doucement Simon au gros monsieur qui lui tournait le dos.

– *Si. ¿Puede ayudarme por favor?* dit le gros sans se retourner.

Simon voulait bien l'aider, mais était-ce opportun ? Il y eut comme une hésitation et Roberto Rojas se retourna pour le dévisager.

– *¡Usted es el tipo enviado por Iouri!*

Simon allait lui faire son petit laïus habituel pour dire que non, ce n'était pas vraiment le professeur Zaïtsev qui l'envoyait, mais l'autre l'arrêta de la main.

– *No es el buen momento.* Je pars.

Rojas ferma l'une des valises en montant dessus, ce qui se révéla efficace en dépit du nombre de dossiers qu'il y avait empilés n'importe comment.

– *Perdone la molestia,* dit Simon.

– Troisième fois en trente ans que je dois quitter une ville en catastrophe, poursuivit Rojas en piétinant la seconde valise, qui se montrait plus rebelle. Une fois Santiago, une fois Buenos Aires, et maintenant La Paz.

Afin de tenter de deviner plus précisément le domaine d'activité de Rojas, Simon faisait défiler rapidement dans sa tête les ultimes années noires du pinochetisme, les malversations diverses et variées de Menem en Argentine, l'arrivée au pouvoir d'Evo Morales en Bolivie il y avait maintenant… voyons… cinq ans. Un sacré coup de balai, ça, quand même. Donc, si Rojas s'en allait précipitamment, c'était plutôt le signe qu'il travaillait pour l'opposition menée par les riches états plus ou moins sécessionnistes comme celui de Santa Cruz.

Mais il n'eut pas le temps de se demander quel concept astucieux Zaïtsev avait pu forger pour des pays sortant de régimes pourris. Car il y eut simultanément un claquement sec de fermoir et un coup de klaxon extérieur insistant. Plus entreprenant qu'il ne l'aurait attendu d'un obèse à cette altitude, Rojas empoigna les deux valises et se dirigea vers l'escalier.

– Pas le temps d'appeler Iouri, lança-t-il en disparaissant. Dites-lui qu'il y a une opération en cours. *Para desacreditar Iouri aquí como en cualquier lugar.*

Simon demeura immobile comme un ballot dans le grand bureau dévasté, s'approcha de la fenêtre juste à temps pour voir Rojas pénétrer dans une voiture qui plongea rapidement vers la gare tandis que deux véhicules de la police faisaient leur apparition en haut de la rue abrupte.

Dire à Zaïtsev qu'on voulait le discréditer ici comme ailleurs ? Mais il ne savait toujours presque rien de l'homme, dont la haute silhouette surmontée de cheveux blancs se faisait en réalité sans cesse plus diaphane depuis qu'il l'avait vu disparaître vers l'ascenseur du Lutétia à Paris. Et il savait encore moins où diable le gourou multinational pouvait bien se trouver…

En revanche, appeler Borthombe pour comprendre ce qui se tramait, pourquoi pas ? Ou plutôt non, d'abord Étienne. Une fois de plus le brillant essayiste Moulineaux avait reniflé précocement des anomalies.

Simon passa devant la loge aux rideaux fermés, se retrouva sur le trottoir et héla un taxi cabossé. Entre-temps, le soleil s'était mis à taper et il faisait une chaleur écrasante. Simon retira son blouson. Il fallait abréger cette tournée absurde.

Quand il avait annoncé qu'il arriverait plus tôt que prévu à William McGrawth, plus ou moins proche d'Héloïse de Monasquiel et membre d'un très discret *think tank* ultra-conservateur de Washington, Simon n'avait suscité aucun enthousiasme, c'était le moins qu'on puisse dire. Mais le doyen du prestigieux Institute of International Affairs avait fini par indiquer du bout des lèvres l'itinéraire à suivre pour lui rendre visite à sa résidence.

En arrivant à l'aéroport de Newark, Simon avait donc loué une voiture dotée d'un GPS, ce qui ne l'avait pas empêché de dériver dans le cloaque post-industriel du New Jersey, avant de retrouver la route de ce campus de rêve de Summerville qu'il longeait, en appréciant comme il convenait les bâtiments néo-gothiques, post-hélléniques ou vaguement mérovingiens bâtis grâce à de généreux donateurs. Les jeunes filles sortant du gymnase pour aller à la bibliothèque avaient de longues jambes et des visages sereins, les garçons se partageaient entre le style Kerouac d'un lointain cousin rebelle et le look Brooks Brothers de leur père dans la finance, le gazon était soigneusement entretenu par des jardiniers blacks ou latinos assurant en quelque sorte la diversité communautaire, les écureuils agréablement disposés au milieu des arbres paraissaient sortir d'un *animal beauty parlor.*

Simon aborda sans un bruit de longues avenues bordées de *Gingko biloba* et de maisons à bardeaux, s'enfonça plus avant dans les bois en observant le petit écran de son tableau de bord. Une grille donnant sur un taillis d'apparence impénétrable s'ouvrit devant lui lorsqu'il se présenta face à elle et il découvrit une allée serpentant au milieu d'arbres ornés de leurs premiers bourgeons.

La maison de McGrawth était une belle chose anguleuse mêlant bois, pierre et métal, certainement dessinée par un architecte de renom et bâtie avec les meilleurs matériaux. Deux énormes SUV, un Chevrolet et un Ford, étaient garés sur l'emplacement du vaste parking, que rejoignit Simon en ayant l'impression de conduire une trottinette, alors que son auto de location lui paraissait encore passablement volumineuse quelques minutes auparavant.

La pièce principale, qui devait bien faire cent mètres carrés et était dotée d'un âtre central dans lequel se consumait un feu de chêne odorant, constituait visiblement le lieu de réception de McGrawth. À la surprise de Simon, se tenait près du professeur, aux cheveux en brosse et la silhouette encore athlétique, un petit bonhomme qui ne payait pas de mine, au sourire en biais plutôt inquiétant.

– Saccomano, présenta McGrawth.

– *Hi,* dit Saccomano, l'air de s'en foutre totalement.

Une fois de plus, l'esprit de Simon se mit à tourner à toute vitesse. Il y avait décidément contamination entre la galerie de patronymes ayant pignon sur rue de Mme de Monasquiel et les personnages du théâtre d'ombres que lui avait décrit Raspoutine dans son placard de la MSH. Un premier cercle voué à la lumière, un deuxième cercle œuvrant dans l'obscurité ? Et tout cela tournant, d'une manière ou d'une autre, autour de Iouri Zaïtsev, soleil des stratégies linguistiques, ou étoile morte de la manipulation idéologique ?

– J'ai fait venir mon collègue et ami de Washington car nous préférions nous concerter avant de vous parler, expliqua McGrawth.

– Très aimable à vous, j'ai pas mal de questions, dit Simon en faisant mine de sortir son carnet.

Cette fois-ci, deux regards braqués sur son vieux blouson suffirent et il arrêta son geste.

Les autres restaient là, près du foyer qui produisait un léger chuintement de bois encore humide. Alors qu'ils savaient pertinemment qu'il arrivait droit de la rude ville de La Paz et avait affronté la traversée du dépotoir new-yorkais, même pas l'offre de s'asseoir, de prendre un verre d'eau.

– L'heure n'est pas aux questions, Mr Saltiel, dit McGrawth.

Bon, au moins il avait retenu son nom et ne le traitait pas de youpin.

– *When you get to France, you must get in touch with Iouri's* WIFE, dit Saccomano, toujours sans le regarder mais en insistant sur le dernier mot.

– Pardon ? lâcha Simon, stupéfait.

– Vous parlez anglais, non ? dit McGrawth.

– C'est-à-dire…

– Vous avez bien entendu. Il faudra prendre contact avec la femme de Iouri dès votre retour. Votre éditeur nous a d'ailleurs donné son accord pour que vous accomplissiez cette démarche.

– Borthombe ?

– C'est cela.

– Il savait que le professeur Zaïtsev avait une femme ?

– Lui, non. Nous, oui.

– *WE taught him that,* balança négligemment Saccomano, en tripotant le feu de sa chaussure fine pour le faire repartir.

– Elle est où, cette femme ? demanda Simon, adoptant le ton sans fioriture de ses hôtes.

– Dans votre pays.

– C'est vague, protesta Simon.

– C'est tout ce que nous savons. Iouri tenait beaucoup à la protéger.

– Et elle s'appelle comment, cette femme ?

– *LUISA,* lança Saccomano, comme il aurait craché dans le feu en train de reprendre, qu'il contemplait toujours d'un air mécontent.

– C'est du moins ainsi que nous l'appelions dans notre datcha de Sotchi, précisa McGrawth. Mais nous ne connaissons pas le nom de famille sous lequel vit Louise.

– Et je lui dis quoi, à cette dame, si je la trouve ?

– De faire attention. Elle comprendra.

– M. Zaïtsev craint pour sa vie ?

– *No, not for* HER *life,* intervint Saccomano avec cette façon qu'il avait d'accentuer certains mots pour bien se faire comprendre.

Pour la vie de qui, alors ? se demandait Simon en regardant autour de lui, légèrement étourdi. Peut-être le voyage, tous ces changements de fuseaux horaires, de températures. Peut-être les dimensions vertigineuses de la pièce, autour de laquelle on devinait des mezzanines compliquées, des couloirs biseautés. Tout paraissait inhabité.

– Vous allez partir ? demanda Simon.

Les deux Américains parurent franchement surpris (enfin, aussi franchement que la situation le permettait).

– Mais non ! s'exclama McGrawth.

– *Why the* FUCK *should we leave ?* questionna Saccomano, en le dévisageant pour la première fois, toujours avec son sourire malveillant.

– À Santiago, Rojas s'en allait bien, m'a-t-il semblé.

– C'est un Hispanique qui panique, dit McGrawth, l'air content de sa trouvaille.

– *Those* SPICS *are easily out of control,* rajouta Saccomano, en utilisant le terme le plus péjoratif à sa disposition, pour bien marquer qu'il n'éprouvait aucun sentiment de solidarité de type méditerranéen.

– Pourquoi quitterions-nous la patrie de la liberté ? demanda McGrawth.

C'était purement rhétorique, comme question, et Simon ne fit qu'esquisser un geste d'ignorance tandis que le grand type à l'air assuré poursuivait :

– Nous sommes une entreprise de conseil internationale, pas une officine d'espions, Mr Saltiel. D'ailleurs, nous ne travaillons jamais sur le territoire américain.

– *NEVER,* confirma Saccomano, d'un ton décidé à en finir.

Simon ne voulait pas baisser les bras sans combattre.

– Et Zaïtsev, savez-vous où il pourrait être ? dit-il.

Il y eut un nouveau silence.

– Et Mme de Monasquiel, qui a disparu ? Vous deviez la rencontrer pour un colloque à Constanza, je crois ? tenta encore Simon, en s'adressant plus particulièrement à McGrawth.

Silence. Visage de pierre et d'acier, comme le reste de la maison et, surtout, comme si ce nom n'évoquait rien pour son interlocuteur.

En revanche, il sembla bien à Simon entendre Saccomano expectorer à mi-voix un :

– *GOOD riddance !*

– Je vous raccompagne jusqu'à votre voiture ? suggéra McGrawth d'un ton définitif.

– Inutile, dit Simon en se dirigeant vers la porte.

Saccomano, qui n'était peut-être pas aussi totalement américanisé qu'il le feignait, allumait une cigarette en prenant un tison dans le feu.

Le voyage était fini pour Simon. Bon débarras, comme disait charitablement Saccomano.

Il sortit sans un mot.

14. VIOLENCE MODERNE

– Alors, la vie de cadre sup, c'était comment ? demanda Monique.

– Un peu comme je pensais. Levé très tôt, couché avec les poules, répondit Simon.

– Ouais, les poules, je devine, dit Monique en pinçant les lèvres.

– Arrête de voir le mal partout, j'ai suivi tes conseils et vécu comme un moine bouddhiste.

– Je plaisantais, dit Monique en lorgnant vers le carnet de Simon.

– Beaucoup d'attente, des clients généralement mécontents de me voir, j'avais l'impression d'être un commis voyageur proposant de la camelote dont personne ne voulait, la moitié des rendez-vous a foiré d'une façon ou d'une autre...

– Résultats écrits de la tournée ? demanda Monique, dont la main se rapprochait du carnet, lequel avait quelque peu souffert des conditions climatiques auxquelles il avait été soumis durant le périple.

– Très maigres. Regarde, puisque tu en as envie.

Monique faisait défiler les pages gondolées avec une moue déçue.

– T'as eu des problèmes pour prendre des notes ?

– D'abord, il y a eu des cas où je n'ai rien eu à noter du tout.

– Oui, Berlin. Moscou. Le Turkménistan. La Paz. Zéro propos recueilli. On peut sans doute en tirer quelques ambiances, mais ça fait pas bézef.

– Ensuite, il y a eu les cas où on ne m'a lâché que des miettes.

– Je vois. Nijni-Novgorod, trois feuillets. Luang Prabang, quatre feuillets. Ah, Summerville, ça a l'air un peu mieux.

– Pas vraiment, dit Simon en retirant son carnet de la longue main experte de Monique. Ils m'ont reçu comme un chien dans un jeu de quilles. Mais j'ai appris un truc.

– Pourquoi tu ne me laisses pas lire ? dit Monique d'un ton peiné.

– Parce que je pense que ça te fera plus d'effet si je le balance comme ça, info brute d'ordre intime, rupture dans le rythme du récit, intox ou révélation, tout ce que tu aimes.

– Tu apprends vite pour quelqu'un qui a fait de la littérature comparée pendant des années, constata Monique, nullement vexée.

– Prête ? demanda Simon.

– Prête, affirma Monique en allumant une Goldo.

– Zaïtsev a une femme en France.

Il s'attendait à ce que Monique fasse des “ah”, des “oh”, des “ça alors !” ou des “c'est pas vrai ?” Elle se contenta de rejeter deux longs filets de fumée bleue par les narines, les yeux dans le vide.

– Et cette femme, ou du moins quelque chose qui est lié à elle, est en danger.

Monique avait les yeux brillants et vides d'un épervier tournant dans le ciel au-dessus de sa proie inconsciente. Elle inspira profondément une nouvelle bouffée de tabac brun.

– On m'a demandé de retrouver cette femme.

– Ça prend forme, dit enfin Monique avec un grand sourire de sa bouche édentée.

– Bertrand est là ? demanda Simon.

– Non, dit Monique. Il a été appelé hier pour un déplacement urgent, juste après avoir filé notre premier jet au gars de la télé.

– Les Américains qui m'ont branché là-dessus l'ont contacté. Tu sais quand il doit rentrer ?

– Non, mais Audrey doit savoir. Elle le suit à la trace.

Audrey était l'assistante nickel chrome de Borthombe.

– Je vais aller la voir, dit Simon, en se levant pour faire route vers les locaux tout aussi nickel de BEST.

Lorsqu'il se retrouva dans l'open space, où vaquaient en silence dans leurs box les jeunes femmes très bien de leur personne, il sentit aussitôt que quelque chose d'anormal était dans l'air.

– Je vous dis que M. Borthombe n'est pas là, monsieur, lançait d'une voix trop aiguë pour les lieux l'impeccable Audrey.

Il y avait du bruit du côté des plantes vertes exotiques et quelqu'un s'agitait avec un objet ressemblant à un bâton derrière la fontaine à eau purifiée, qui déformait les traits de son visage pour en faire une sorte de masque grotesque.

– Je vais lui crever la panse à ce salaud ! disait le quelqu'un, d'une voix que Simon avait déjà entendue quelque part.

Des grands coups étaient donnés dans la magnifique porte du bureau de Bertrand Borthombe, et Simon s'avança encore un peu pour découvrir que tout ce raffut provenait de l'animateur de télévision, abonné de la presse people et des mini-scandales, sur lequel travaillaient Monique et ses pigistes depuis plusieurs semaines.

– Non, pas la porte en teck ! gémit Audrey, tandis que la vedette du petit écran utilisait son bâton – un lourd pied de micro en métal, découvrit Simon au passage – pour bousiller les panneaux précieux venus d'Asie.

– Borthombe, t'es mort mon pote, coulé, fini, ruiné !

La porte cédait et le type, dont, vu de l'arrière, on distinguait bien les implants capillaires, s'attaquait au sol à coups de pied de micro.

– Non, pas le parquet en padouk d'Afrique, supplia l'assistante personnelle, si réservée d'ordinaire.

Il y avait des raclements, des griffures, le type s'approchait du bureau en suspension.

– Non, pas le bureau en fibre de carbone de M. Borthombe ! couina la jeune femme blonde d'une toute petite voix.

Mais il était trop tard et, peut-être parce qu'il avait heurté des touches invisibles du commun des mortels avec son fléau métallique, le forcené fit jaillir d'un seul coup les tiroirs du bureau qui partirent dans toutes les directions, comme autant de petits missiles.

Simon, entrevoyant toute la scène de loin, avait fini de traverser à grandes enjambées le vaste espace paysager. Il s'encadrait maintenant dans la porte démantibulée du bureau pour découvrir Audrey, quasiment prostrée dans un coin. Le bellâtre télévisuel, le teint parfaitement hâlé et la peau merveilleusement lisse, mais la bave aux lèvres et les yeux révulsés, était en train de chercher ce qu'il pouvait encore détruire dans ce lieu au minimalisme si étudié. Pas grand-chose sauf…

– Non, pas le Cy Twombly de M. Borthombe, gémit Audrey, presque inaudible. Ça vaut très cher.

– Ton tableau de merde, je vais te l'arranger comme tu m'as arrangé dans ton bouquin de merde, cracha le forcené, crevant la toile tel un mousquetaire en train de se fendre d'un coup mortel. Et tu vas découvrir que moi aussi je vais te coûter très cher.

– Ça suffit, dit Simon en s'avançant dans la pièce.

– Ce n'est pas M. Borthombe qui a écrit des méchancetés sur vous, cria soudain Audrey.

– Ça suffit, répéta Simon, autant pour elle que pour le colérique.

Le célèbre animateur, soudain calmé en dépit de la salive qui coulait sur son fameux menton à fossette, s'arrêta pile, pied de micro levé au-dessus de la tête.

– C'est qui ? demanda-t-il.

– Ça suffit, lança Simon qui sentait quelque chose de pire encore se préparer.

– C'est elle, pointa Audrey du doigt, en montrant Monique, qui à son tour s'encadrait dans la porte, c'est elle qui a tout réécrit !

– Salope ! éructa l'animateur, en se précipitant vers Monique. Conasse ! Mocheté ! Gouine !

Là, Simon estima qu'il avait largement respecté les sommations d'usage et il s'interposa. L'autre tenta de lui arracher la tête d'un coup de micro, mais Simon esquiva adroitement. Il n'avait pas l'habitude de se battre mais il était incontestablement dans une forme physique supérieure à celle de l'épileptique qui multipliait les moulinets. Le chéri des études d'audience empoigna son arme différemment pour s'en servir comme d'une massue, frappant partout sans réussir à atteindre Simon, mais contraignant celui-ci à se réfugier dans un angle du bureau.

Croyant le moment venu, l'homme du pre-prime-time fonça, et Simon bénit ses parties de badminton avec Diop, ses tennis avec Étienne et ses marches à pied dans Paris, lorsqu'il sauta de côté, s'effaçant de manière aussi légère qu'une muleta devant le taureau, en laissant son agresseur aller droit dans le mur. Il y eut un grand boum lorsque la tête gominée de la célébrité heurta la paroi. Le pied de micro tomba par terre. C'était fini.

– Je crois qu'il faut appeler Police-Secours, dit Simon à Audrey, qui tremblait de tous ses membres.

– Et aussi l'avocat Ponty-Lamanière, ajouta Monique, qui avait l'air tout aussi secouée et retournait vers son antre d'un pas hésitant.

– Ça va ? lui demanda Simon en serrant son bras maigre.

– Non, ça va pas, dit Monique. Quand je pense au tintouin que je me suis donné pour rendre les choses présentables ! Se faire traiter de salope !

– Oublie ça.
– De conasse !
– Arrête. Tu te fais du mal pour rien.
– De mocheté !
– Il était chargé comme une mule si tu veux mon avis.
– De gouine !

Simon s'aperçut que Monique pleurait tout doucement.

– Tu devrais aller te reposer, lui dit-il.

– C'est toi qui devrais, dis Monique. Tu m'as soufflée. Comment tu l'as niqué, ce pauvre type…

– Allez, on va chez toi, dit Simon.

Monique ouvrit la porte de communication qui donnait sur sa chambre, et, toujours avec des petits sanglots étouffés, alla s'allonger sur la courtepointe, s'enfouit la tête sous un oreiller à fleurs.

– Tu restes un peu à côté de moi ? demanda-t-elle d'une très petite voix à Simon.

– Bien sûr, dit-il.

– Tu pourrais me mettre le disque des Ramones, pas trop fort ?

Dans un coin, il y avait une vieille platine Dual et des vinyles soigneusement classés. Simon s'exécuta. La musique toujours assez dérangée du vieux groupe punk résonna, pas trop fort… C'était curieux, cette chambre campagnarde en plein Paris. Et Simon se rendit compte qu'il ne connaissait rien de la vie antérieure de Monique. Au lycée proche du Marais, c'était la sauvageonne défrayant les conseils de classe, la bagarreuse qui cherchait la baston aussitôt extraite de l'atmosphère raréfiée du vieux bahut grisâtre. Mais comment était-elle arrivée là ? Mystère…

Simon constata que Monique dormait et il partit sur la pointe des pieds. Revenu dans le capharnaüm où traînaient encore des versions non expurgées de l'ouvrage ayant déclenché l'esclandre, Simon tenta de joindre Borthombe sur son portable, car il avait pas mal de choses à lui dire, à Borthombe. Vraiment pas mal…

Problème de connexion. Il recommença. Là, rien du tout, silence abyssal. Une tentative encore. De nouveau, problème de connexion. Borthombe était peut-être dans un train ? Ou un avion ?

De retour dans l'espace paysager, Simon se demanda s'il n'avait pas la berlue. Car le silence qui y régnait était tout aussi anormal que le vacarme qui remplissait l'endroit un peu plus tôt. Apparemment, Police-Secours avait évacué vite fait le furieux et son pied de micro. Mais quelque chose d'autre était là, posé bien en évidence sur le bureau immaculé d'Audrey.

Une montre complètement écrabouillée, comme si elle était passée sous un marteau pilon, avec des éclats de verre, des bouts de mécanismes, des fragments de cadrans encore disposés comme des éléments de puzzle sur une enveloppe kraft qui avait dû la contenir.

Simon n'y connaissait rien en montres, mais il reconnut néanmoins immédiatement les restes de celle-ci.

– La Patek Philippe de Bertrand, je veux dire la montre de M. Borthombe, souffla Audrey, comme tétanisée.

– Comment est-elle arrivée là ? demanda Simon.

– Un coursier, monsieur, dit l'une des jeunes femmes très bien de sa personne, dont il avait cru comprendre qu'elle s'occupait des droits d'auteur.

– Il n'a pas dit qui était l'expéditeur ?

– Non, non… Rien… Il est arrivé pendant… pendant qu'il y avait du désordre. Il a posé une enveloppe et il est reparti aussitôt. Il n'avait même pas quitté son casque intégral et je n'ai pas eu le temps de lui donner un petit quelque chose comme on fait toujours à BEST pour les coursiers. J'ai essayé de l'appeler par la fenêtre, il était déjà en train de repartir sur son scooter noir…

– Il y a un message, dit Audrey, d'une voix détimbrée.

Elle montrait une feuille de papier avec quelques mots, tracés d'une écriture visiblement déguisée, que Simon déchiffra :

PAS DE LIVRE SINON PROCHAINE
FOIS CE SERA LA MAIN

Ce qui arriva d'abord dans l'open space à ce moment-là, ce fut une puissante bouffée d'air chaud, comme si un ventilateur s'était déclenché du côté de la porte d'entrée. Ce nuage porteur d'effluves de cigare coûteux, de parfum rare, d'étoffe fine et de bonne chère dégageait, de façon générale, un sentiment de puissance, comme s'il s'agissait de la descente d'un dieu de l'Olympe dans un théâtre à machinerie. C'était le nuage annonçant l'arrivée de maître Ponty-Lamanière, tout comme il le faisait dans les prétoires où se jugeaient des affaires à six chiffres, dans les salons particuliers de restaurants étoilés où elles se négociaient plus discrètement, dans les allées de ministères où l'on venait plaider en vue de transactions secrètes.

– Bonjour, jeunes et jolies personnes ici réunies par la grâce et pour la gloire de Bertrand Borthombe ! lançait Ponty-Lamanière, de sa voix aussi suave que puissante, tandis qu'il avançait de son pas d'empereur romain en agitant sa célèbre crinière blanche. Que se passe-t-il ?

– Ça, dit Simon, en montrant la montre raplaplate.

– C'est quoi, ça ? demanda maître Ponty-Lamanière, dans une tessiture soudain nettement plus fluette.

– L'envoi d'un ami qui ne veut pas que du bien à Bertrand.

– Qui êtes-vous, vous ? demanda Ponty-Lamanière, se voulant blessant comme il savait l'être lorsqu'il menait un interrogatoire, mais il avait un ton plutôt mal assuré.

– Simon Saltiel, un ami qui, lui, lui veut du bien, à Bertrand.

– Et que… que s'est-il passé ici ? bégaya Ponty-Lamanière, dont les yeux tournaient de façon affolée et dont la superbe semblait fondre comme neige au soleil.

– Il y a eu une bagarre, dit Audrey, avec un geste vers la porte en teck fracassée, les rayures sur le parquet, le bureau explosé, le Twombly perforé, et même, maître Ponty-Lamanière ne put pas ne pas la voir, une trace de sang sur le mur du fond du bureau de son client Borthombe.

– À mon avis les deux choses ne sont pas liées, expliqua obligeamment Simon.

– Mais il y a ce papier qui entourait la montre, ou plutôt ce qui en reste, dit Audrey, en mettant l'objet sous le nez du grand avocat d'affaires, qui devint pâle comme un linge en déchiffrant :

PAS DE LIVRE SINON PROCHAINE
FOIS CE SERA LA MAIN

Le ténor du barreau marmonna dans un filet de voix, en s'accrochant au montant d'un box vide :

– Je… je travaille au civil moi… Je… je ne suis pas pénaliste… La violence, le sang… j'air toujours eu horreur… horreur… de ça…

Et maître Ponty-Lamanière s'effondra sur le sol de l'open space, terrassé par des émotions auxquelles il n'était manifestement pas accoutumé.

– Je crois qu'il faut encore appeler Police-Secours, ou alors le SAMU, ça sera plus discret, suggéra Simon à Audrey.

15. FRAGMENT DE VIE UNIVERSITAIRE

C'était l'une des rares salles récemment refaites de Paris XV. L'écran était de bonne qualité, les fenêtres occultantes fonctionnaient, les sièges étaient relativement confortables et les micros marchaient. D'ailleurs, le silence qui régnait était en lui-même assez exceptionnel. Il n'y avait pas de barre chocolatée en train d'être défroissée, pas de sandwich en train d'être rongé, pas de iPhone en train d'être consulté. Il y avait, songeait Simon installé dans un coin de la salle, une atmosphère que l'on aurait pu qualifier de studieuse, voire de recueillie, choses devenues très rares.

L'exposé sur les peintres abstraits américains avait été préparé depuis plus d'un mois, chose encore plus rare, par deux étudiants que tout aurait dû séparer. Judith Silberstein, qui vivait près du lac d'Enghien dans la belle maison de son père médecin, et Rachid Mimouni, qui vivait avec ses huit frères et sœurs dans un HLM plein de Comoriens comme lui. C'était la jeune fille qui s'occupait de la partie visuelle et le garçon qui s'occupait de la partie musicale. Bien sûr, il y avait ici ou là des lapsus savoureux, des erreurs chronologiques regrettables, des commentaires un peu à côté de la plaque. Mais tout de même, pensait Simon, ce n'était pas tellement moins pertinent que ces expos, sponsorisées par des marques en quête de supplément d'âme, qui énervaient tant son ami Étienne.

Passer du Velvet Underground en proposant du Warhol, laisser le bastringue de Sun Ra éclabousser du Jackson Pollock ou du répétitif minimaliste comme Terry Riley planer sur des images de Rothko, ça pouvait se discuter, mais ce n'étaient pas des associations bâclées au hasard.

Des associations, Simon en faisait lui aussi, de toutes sortes. Bien évidemment, même s'il n'y avait pas encore eu de revendication précise, l'affaire de la montre de Borthombe était liée au projet de livre sur Zaïtsev. Et non pas, comme le croyait – ou feignait de le croire – Ponty-Lamanière, toujours sous le choc, au pétage de plombs d'un amuseur public paranoïaque. Jamais des rigolos de la téléréalité n'auraient pensé à une menace relevant de la réalité tout court et flanquant donc réellement la frousse. Mais de quoi et par qui était menacé Bertrand ?

La disparition d'Héloïse de Monasquiel ne pouvait que difficilement s'expliquer par l'attaque d'un monstre marin surgi du labyrinthe aquatique du delta du Danube. Et il fallait bien qu'il y ait une alerte sérieuse pour que des durs à cuire de l'équipe Zaïtsev se réfugient dans le mutisme ou s'égaillent dans la nature ici ou là de par le vaste monde.

Simon était retourné à la Maison des sciences de l'homme en espérant glaner des informations sur l'hypothétique femme de l'ancien chercheur devenu conseiller du prince. Antonin et Goran, qui avaient fait partie de l'expédition vers Constanza où ils étaient chargés de filtrer l'assistance, disposer les cavaliers sur la table de conférence, poser des questions intelligentes à leur patronne et ensuite passer les petits fours au fromage de cascaval dans le palace aussi délabré que le reste de l'ancienne belle ville de la mer Noire, étaient paraît-il repartis, dès la dernière phrase du colloque prononcée, en direction de leurs pays respectifs afin de se consacrer entièrement à la rédaction de leur thèse, l'un dans les montagnes de Maramures, l'autre près du défilé des Portes de Fer. Ils étaient injoignables.

Quant au réduit de Raspoutine, une femme de ménage de la MSH l'avait ouvert en grommelant pour Simon et lui avait laissé constater qu'il n'y restait que des balais, des serpillières, un aspirateur et une shampooineuse à moquette, lui assurant même qu'il n'y avait jamais rien eu d'autre dans ce nid à toiles d'araignées. À l'exception, néanmoins, d'une affiche très abîmée du film de Tarkovski sur le peintre d'icônes Andreï Roublev.

Autre association tout aussi infructueuse : celle que Simon ne pouvait manquer d'établir entre le scooter noir d'un coursier casqué ayant renversé le professeur Piboyaux et le scooter noir d'un coursier casqué ayant délivré chez BEST la montre pulvérisée de Bertrand Borthombe. Le vieux professeur du Collège de France était rentré à son domicile, et il avait tout à l'heure avec lui un rendez-vous arraché de haute lutte auprès de sa secrétaire, Mlle Boudinc. Une ultime chance d'obtenir une information dans cette quête où la moindre parcelle de vérité paraissait sans cesse plus inconsistante ?

Un nouveau tableau s'afficha, presque blanc. Non, pas du Cy Twombly ! Mais si ! Ou plutôt décidément non, car un cri s'élevait des premiers rangs : "Monsieur, monsieur, le projecteur Power Point fume ! Il va cramer et nous avec !"

Évidemment, ce moment de paix érudite que venait de vivre la salle 104 de l'université du Val d'Ourcq était trop beau pour durer. Le Cy Twombly, qui n'était pas celui possédé par Borthombe mais qui lui ressemblait comme un suaire ressemble à un autre suaire, se retrouva strié de vilaines raies noires.

Judith et Rachid débranchèrent les appareils, assez dépités cependant de ne pouvoir atteindre leur conclusion. Mais, se levant de son coin, Simon dit que c'était la meilleure séance de remplacement qu'il ait jamais vue et entendue. Comme dans les émissions de télé où sévissait l'objet littéraire de Monique, l'assistance se mit à applaudir. Le garçon et la fille, qui étaient peut-être amoureux, s'applaudirent l'un l'autre, puis applaudirent l'assistance. Il y eut même, chose incroyable, quelques applaudissements pour

Simon. Et puis tout le monde se leva pour aller vaquer à d'autres affaires.

Simon en fit autant, évita de justesse Heurtemitte qui était embusqué au pied d'un escalier condamné et fonça vers le RER. L'herbe verdissait sous les rogatons qui la parsemaient de la fac à la gare.

16. SUR LE SABLE

– Comment avez-vous fait pour me trouver ? demanda Louise.

– Par ruse, dit Simon, en souriant.

Elle ne lui proposait pas d'entrer, fermait à clé derrière elle la porte de sa maison où il l'avait surprise au moment où elle en sortait. Mais elle souriait elle aussi légèrement, en le regardant d'un air interrogateur.

– J'ai l'impression d'avoir déjà vu votre visage quelque part, dit-elle.

– Moi aussi, j'ai cette impression, avoua Simon. Quelque part.

– Il y a longtemps.

– Assez longtemps, oui.

– Mais vous n'avez pas tellement changé.

– Vous non plus.

Ils se regardaient tous les deux. Simon ne savait pas ce que Louise Larose pensait de lui, mais lui, il la trouvait belle. Peau hâlée, épaules de nageuse, seins ronds, jambes musclées, des yeux dorés, elle était habillée à la diable et sentait l'herbe fraîche.

Ils se mirent à rire au même moment.

– Le Collège de France !

– Le cours du jeudi matin !

– Mais vous n'étiez pas normalienne.

– Moi non. Langues O. Mais vous oui. Vous faisiez bande à part avec les autres normaliens. Vous preniez des notes comme des fayots que vous étiez.

– Oh ça va, dit Simon. Vous n'allez pas me mettre en boîte avec ces histoires de notes comme le vieux Piboyaux.

Louise s'écarta d'un pas, soudain méfiante.
– Vous connaissez le professeur Piboyaux ?
– Même s'il ne le sait pas, c'est grâce à lui que je suis ici.
– Pour Iouri, n'est-ce pas ?
– Il faut que je vous explique.
– Fouineur.
– À vrai dire, c'est par Marcel Pfister, notre éditeur commun, que j'ai fini par découvrir votre... euh... votre adresse.

C'était bizarre de parler d'adresse pour cette bergerie basse recouverte de tuiles vieux rose et située au beau milieu d'un airial landais, l'un de ces espaces un peu féeriques à l'herbe rase, entourés de chênes puissants au beau milieu de l'immense forêt de pins. Il se dégageait un certain parfum de mystère de la maison. Et de Louise.

Celle-ci eut l'air encore plus surprise que par la révélation concernant Piboyaux et par voie de conséquence Zaïtsev.
– Marcel Pfister ? murmura-t-elle, sourcils froncés.
– Absolument, dit Simon.
– Presque personne ne travaille pour lui à part moi comme traductrice multilingue, fit remarquer Louise.

La maison Pfister appartenait à un Suisse calviniste totalement dépourvu de cheveux et d'humour. Il possédait autour de Neuchâtel quelques arpents de vignes Œil-de-Perdrix, parmi les plus réputées du canton, lui permettant de s'adonner sans souci de rentabilité à sa passion : l'édition commentée de textes rares d'Extrême-Orient, où il avait passé de longues années.

Simon expliqua :
– Pfister a accepté l'an dernier un travail que je lui avais proposé sur les brochures illustrées de la Première République chinoise, de très jolis petits livres donnant des leçons de civisme sous des couvertures en soie.
– Je connais, dit Louise, il y a des dessins merveilleux.

Elle le regardait toujours de ses yeux dorés, comme pour évaluer sa dangerosité ou sa duplicité. Autour, on n'entendait que le bruit du vent dans les pins qui se balançaient doucement. Le soleil commençait à chauffer, le ciel était clair.

– Vous aimez marcher ? demanda Louise, comme si c'était une question importante.

– J'aime marcher, affirma Simon, ce qui était parfaitement vrai.

– Avec les premiers beaux jours, j'adore aller voir la mer. Mais ça se mérite, il faut passer la dune.

– Je le mériterai, dit Simon, aussi sérieux qu'elle.

Ils partirent par une passe sablonneuse qui filait droit vers l'ouest, droit vers cette immense côte aux longues étendues désertiques, surtout à cette période de l'année.

– Que se passe-t-il ? demanda Louise, sans tourner la tête vers lui.

– Un autre éditeur que notre ami Pfister m'a demandé d'écrire une biographie autorisée de Iouri Zaïtsev.

– Quel éditeur ?

– Eh bien… hem… c'est une boîte qui s'appelle BEST, marmonna Simon en espérant que ce nom ne dirait rien à Louise.

– Ce truc de Borthombe publiant des cochonneries à scandale ?

Raté. Elle connaissait. Mais si elle connaissait, cela voulait dire…

– Vous connaissez Bertrand Borthombe, alors ? lâcha Simon, qui venait de comprendre quelque chose.

– Je l'ai connu, oui. Comme j'ai connu Piboyaux. Comme j'ai connu Iouri. Et quelques autres. Inutile de tourner autour du pot, puisque vous êtes ici, n'est-ce pas ?

– Non, dit Simon. Ne tournons pas. Avançons.

– Tout cela, ce sont des souvenirs de jeunesse. Le marxisme n'était pas encore laissé pour mort. L'avenir radieux servait de titre à certains livres. Le PCF gigotait toujours, on s'empoignait entre rénovateurs et reconstructeurs, que sais-je... Et je faisais partie d'un petit groupe, comme vous-même vous deviez bien faire partie de quelque chose, n'est-ce pas ? L'époque voulait encore ça...

– Et c'est dans ce groupe que vous êtes devenue amie avec le professeur Zaïtsev, rencontré aux mêmes cours que ceux auxquels j'assistais ?

– Voilà. Vous étiez dans les premiers rangs de l'amphi. Moi dans les derniers. Mais je le trouvais séduisant.

– Vous êtes devenus amis ?

– Amants.

Simon buta contre un rondin de pin qu'il n'avait pas vu.

– Ça va ? lui demanda Louise.

Il ne dit rien.

– C'est fini depuis longtemps si vous voulez savoir. Je suis repartie au Japon, en Corée, en Chine, ailleurs encore.

– Et vous êtes devenue traductrice, poursuivit Simon.

– Et Iouri est devenu une sorte de consultant, et Borthombe est devenu une sorte d'éditeur, et Piboyaux qui doit maintenant être bien vieux est toujours au Collège après avoir attendu ça pendant vingt ans à la fac de Lille.

– Et vous, vous êtes cachée ici ?

– Et vous, vous êtes qui pour me demander tout ça ?

C'est vrai que Louise ne lui avait encore posé aucune question personnelle. Peut-être s'attendait-elle à voir débouler quelque chose ou quelqu'un pour paraître aussi détachée ?

– Je m'appelle Simon Saltiel et j'enseigne la littérature comparée, surtout dans ses rapports avec les arts visuels.

– Où ça ?

– À l'université de Paris XV.

– Ah, Val d'Ourcq ! glousa Louise. La base rouge de la future université prolétarienne. Ça n'a pas été dynamité en même temps que les grands ensembles du coin ?

– Non, avoua Simon. Mais par certains côtés, c'est tout comme. C'est pour ça que j'ai accepté de faire ce bouquin. Je voulais voir autre chose que le RER.

– Je comprends, approuva Louise.

Autour d'eux, la nature était à la fois austère et somptueuse, avec l'odeur sucrée des ajoncs qui commençait à percer, les arbousiers dont le feuillage s'étoffait. Il y eut un nouveau silence.

– On marche parce que vous craignez d'être écoutée dans votre maison ? demanda un peu timidement Simon.

– Qu'est-ce qui vous fait croire une chose pareille ? répondit Louise en le fixant de ses yeux lumineux.

– Bah... des propos entendus ailleurs... à Nijni-Novgorod par exemple... peut-être à Luang Prabang... ou à La Paz...

– Vous avez fait du chemin avant de venir me trouver, constata Louise.

– Votre existence ne m'a été confirmée que récemment.

– Où ça ?

– Dans le salon de Piboyaux, où il se remet d'un accident de scooter.

– Piboyaux en scooter, vous plaisantez ?

– Je me suis mal exprimé. C'est un scooter de coursier qui lui est rentré dedans. Peut-être exprès. Fracture du crâne, coma, tout ça.

– Pauvre homme. Il est affaibli ?

– Suffisamment pour m'avoir donné le nom de Louise Larose.

– Pour cafter, j'aurais plutôt parié sur Monasquiel, dit Louise. Elle a toujours été jalouse comme une tigresse avec les grands hommes de son petit panthéon.

– Mme de Monasquiel a disparu dans le delta du Danube depuis près d'un mois.

– Vraiment ? dit Louise, un instant désarçonnée.

– Et Borthombe a disparu dans la nature depuis trois jours, poursuivit Simon.

– Bertrand était trop curieux et ne connaissait pas mes liens véritables avec Iouri. Il n'aurait donc pas pu vous en parler.

– C'est ce que j'ai constaté. Mais pour moi, de toute façon, Louise Larose, dans un coin de tête, c'était un nom lié à des livres. Pas aux vieux cours du Collège, je dois l'avouer. Comme je vous l'ai dit, j'ai dû ruser pour trouver votre lieu de retraite, prétexter un éclaircissement sur un slogan chinois ambigu, le besoin d'une spécialiste incontestable. J'ai parlé de vous à Marcel Pfister. Vous le connaissez : plus c'est pointu, plus ça l'intéresse.

– Jusqu'à me mettre en danger ! protesta Louise. Pas de téléphone ! Pas de mail ! Je ne corresponds avec les éditions que par courrier postal pour envoyer mes clés USB ! Et il vous laisse venir chez moi pour l'amour des textes ! Fichus parpaillots !

– Vous vous cachez ? redemanda Simon.

Ils s'approchaient de la dune aux troncs d'arbres rabougris et tordus par la violence du sable, du vent, de l'eau que l'on commençait à entendre. Louise avait retiré ses espadrilles et avançait au milieu des oyats crissant sous leurs pieds. Alors qu'ils atteignaient le sommet et découvraient l'océan brillant comme de l'acier sous le soleil, elle s'arrêta pile et lui fit face.

– Je ne me cache pas. Je vis ici parce que je dois protéger quelque chose qui est cher au cœur de Iouri et au mien. Et parce qu'il exerce un métier dangereux dans des pays dangereux.

– Et lui, il vous protège ? demanda Simon, d'une voix trop sèche.

– Oui, monsieur Saltiel. Nous sommes séparés depuis très longtemps. Il sillonne le monde comme un pompier volant. Mais il pourvoit largement à mes besoins et je pourrais vivre très différemment si je le souhaitais.

– D'accord, dit Simon, surpris par sa véhémence. Savez-vous où est Zaïtsev en ce moment ?

– Peut-être entre Erevan et le Haut-Karabakh où il avait été sollicité. Peut-être ailleurs.

– Savez-vous pourquoi ceux qui travaillent pour lui paraissent saisis d'une grande nervosité ?

Louise se mit à descendre la dune à pas de géant, franchissant plusieurs mètres à chaque fois en faisant couler des traînées de sable derrière elle. Simon retira ses mocassins déjà emplis jusqu'à ras bord et se lança à sa suite.

Ils étaient au bord de l'eau, qui avait des rouleaux puissants. C'était marée montante. La grève sans fin était totalement vide de toute présence humaine. Louise mit un pied nu dans les friselis de vagues venant mourir sur le rivage plat à perte de vue.

– Elle est étonnamment bonne pour cette saison, dit Louise. Je crois que je vais me baigner.

– C'est une idée, dit Simon sans se compromettre.

– Mais je vous préviens, ajouta Louise, je n'ai pas de maillot. Ici, l'été, c'est plein de naturistes allumés, alors ça n'a pas d'importance.

– Je ne regarderai pas, promit Simon.

Elle commença à se déshabiller.

– Si vous voulez faire un petit plongeon, je ne regarderai pas non plus, lança-t-elle en partant vers l'eau à petites foulées qui faisaient sauter ses seins ronds.

Le problème numéro un de Simon c'est que même s'il ne la regardait pas, il la voyait. Oh oui, il la voyait. Et son problème numéro deux, c'est qu'il avait peur qu'elle voie dans quel état ça le mettait de la voir. Il décida néanmoins de se débarrasser lui aussi de ses vêtements et il fonça vers la mer en s'écartant de Louise.

Le froid et le choc de la vague se chargèrent de calmer ses ardeurs.

L'heure avait tourné et le soleil commençait à rougir derrière les pins quand ils revinrent vers l'airial. Ils avaient très peu parlé durant leur retour par la passe mais Louise paraissait nerveuse.

– Je ne suis pas en avance, dit-elle.

– En avance pour quoi ? s'enquit Simon.

– Il faut que j'aille à l'école du village en vélo, finit-elle par répondre.

Simon commençait à deviner mais il ne s'avança pas.

– Il faut que j'aille chercher mon fils, reprit Louise.

Simon ne disait toujours rien.

– Le fils que j'ai eu avec Iouri, dit Louise.

Simon fit remarquer, à voix presque basse :

– Je croyais que vous… que c'était fini depuis longtemps.

– Un accident, dit Louise. Nous nous étions retrouvés avec des amis dans une datcha sur les bords de la mer Noire. Et voilà. Maxime est arrivé. J'ai décidé de le garder.

– Iouri était d'accord ?

– Les enfants ne font pas partie de sa vie. Mais il m'a quand même épousée en Suisse pour nous mettre définitivement à l'abri du besoin, moi et mon petit garçon.

– C'est Maxime que vous protégez en habitant ici ?

– Il y a déjà eu une menace d'enlèvement pour faire pression sur Zaïtsev.

– Bertrand Borthombe a probablement été kidnappé pour le même motif.

Louise observa Simon, réfléchissant.

– C'est bien possible. Vous savez, quand on travaille dans les parages du pouvoir moscovite, ce sont des choses qui arrivent facilement.

– Vous voulez que j'aille avec vous à l'école ? proposa Simon, en montrant la petite voiture de location qu'il avait prise le matin à Bordeaux et garée derrière un massif de rhododendrons sauvages bordant l'airial.

– D'accord, dit Louise.

Elle sentait toujours l'herbe fraîche, et aussi le sel et le sable.

– Tu fais un foot avec moi ? demanda Maxime à Simon.

– Tu crois ? dit Simon, avec un coup d'œil pour la bergerie, dans laquelle Louise s'affairait vers la cuisine.

– Ouais, dit Maxime, on a le temps. Les buts, c'est les deux pins là-bas, ok ?

– Ok, dit Simon en tapant dans le ballon qui reposait sur l'herbe rase.

Ils avaient fini de manger une omelette aux cèpes, Maxime regardait un DVD dans sa chambre et Simon donnait un coup de main à Louise pour la vaisselle avant de repartir, lorsqu'un faisceau de phares troua l'obscurité de la forêt. Louise s'arrêta net.

– Vous, déjà, ce n'était pas normal. Mais là...

– Les choses ne sont pas normales en ce moment, dit Simon.

Une voiture dont on ne pouvait pas distinguer la marque s'arrêta brutalement devant la porte de la maison. Louise se serra de façon semblait-il inconsciente contre Simon. Un grand barbu aux traits dessinés comme au cutter s'approcha, mais il n'y avait rien de menaçant dans son attitude et lorsqu'il s'encadra sous la lumière du porche, Louise dit :

– Abdolhassan !

– Oui, c'est moi, Louise. Pardonne-moi d'être venu jusqu'à toi.

Abdolhassan Bashi… L'un des hommes de l'ombre du réseau Zaïtsev mentionné par Raspoutine et dont Simon avait pratiquement oublié l'existence. Louise s'écarta.

– Que se passe-t-il ? demanda-t-elle au grand type, qui ne faisait même pas mine de demander à être accueilli dans la maison doucement éclairée.

– Il faut que tu partes d'ici, répondit Abdolhassan. Quelqu'un a trahi le secret de Iouri. Je ne sais pas qui. Nous avons tous du mal à correspondre entre nous ces temps-ci. Nos portables ne sont pas sûrs.

– Et Iouri lui-même ?

– Je ne sais pas où il se trouve, mais je sais qu'il est vivant. Il avait conçu toute une opération de relations publiques pour se protéger d'une menace dont il avait eu vent.

La biographie chez BEST ! se dit soudain Simon. C'était ça, le plan. Faire du bruit pour éviter d'être effacé en silence.

– Mais quelque chose n'a pas marché. Ils ont embarqué l'éditeur. Botton ? Bouton ?

– Borthombe, dit obligeamment Simon.

– C'est ça, dit Abdolhassan. Je crois que je l'ai croisé à l'ambassade d'Iran quand je faisais mes études à Sciences-po.

L'excellent français de l'émissaire surgi de la nuit s'expliquait. Tout s'expliquait. Enfin, presque tout…

– Je dois repartir, dit l'Iranien. Tu vas trouver une solution ?

Louise restait silencieuse.

– Je pense, oui, dit Simon à sa place.

L'autre le regarda en ayant l'air de le jauger comme un amateur peu fiable. Mais on le sentait pressé.

– Je l'espère pour elle, pour l'enfant, pour Iouri. Et aussi pour vous, ajouta-t-il, visiblement toujours très dubitatif.

Il repartit vers sa voiture, dont le moteur ne s'était pas arrêté de tourner, et il quitta l'airial, ne laissant qu'une trace rougeoyante derrière la géométrie implacable des pins.

– Qu’est-ce qu’il y a ? demanda Maxime, en sortant de sa chambre, à demi endormi.

– Je vous emmène, dit Simon.

– Où ça ? demanda Maxime.

– Secrets et talents, la doctrine de BEST, plaisanta Simon.

Le gamin ne pouvait pas voir la blague, mais Louise comprit et dit :

– D’accord, je fais une valise.

17. FRAGMENT DE VIE UNIVERSITAIRE

– Des bisons ? s'exclamait la blonde décolorée, juchée sur des talons aiguilles qui de toute évidence lui torturaient les chevilles.

– C'est pas croyable, des trucs pareils ! disait la châtain frisottée, qui faisait plutôt dans le genre post-hippie, avec des sandales modèle chemin de Compostelle.

Dans le vacarme du RER, Simon entendait sans vraiment écouter et regardait le morne paysage de la banlieue nord qui défilait sous le crachin.

– Et ils n'arrivent pas à les descendre ? s'étonnait la blonde, celle qui avait le téléphone à l'oreille.

– Putain, des bisons, faut être miro pour rater des bisons, commentait la frisottée.

– Ils font une battue sur le campus ? s'écriait la blonde.

Simon se mit soudain à écouter avec davantage d'attention.

– Un jour, c'est nous qu'ils descendront au fusil, voilà ce que je dis, moi, assura la châtain, qui avait l'air plus politisée que la blonde.

– On arrive dans pas longtemps, dit la blonde, trois-quatre minutes maxi, j'ai hâte de voir ça.

– On peut accéder à la bibliothèque ? demanda la frisottée, qui paraissait aussi plus studieuse que la blonde.

– Qu'est-ce que j'entends ? Des coups de fusil ? 'tain, c'est pas croyable ! Y a des cadavres ? D'accord, j'te rappelle ou tu m'rappelles.

– Des bisons au Val d'Ourcq, réfléchissait tout haut la frisottée, décidément tout se dérègle avec le changement climatique.

Simon ne partageait pas vraiment les réflexions des deux étudiantes, qui commençaient à rassembler leurs affaires. Mais c'était quand même troublant. Des animaux échappés d'un cirque peut-être ? Mais il n'y avait jamais de cirque dans le quartier des Jonquilles.

Lorsqu'il sortit de la gare, il rencontra Diop, qui portait son superbe sac de sport rouge cerise et avait son air habituel de profiter de la vie.

– Bonjour monsieur Saltiel, lui lança Diop, très joyeux, comme toujours.

– Qu'est-ce qui se passe ? demanda Simon.

– Des visons se sont échappés.

– Ah, des visons, je comprends mieux, dit Simon.

– Vous savez, le truc qui puait près du terrain de badminton ? Quelqu'un a dû ouvrir les cages.

– Merci de l'info, dit Simon, soulagé.

– Aujourd'hui, je vais à l'entraînement de basket, monsieur. Mais quand vous voulez, pour une petite partie, nous deux ?

– D'accord, dit Simon. Je te fais signe.

Il continua sa progression vers les terrains mités du campus, s'approcha d'un attroupement.

– Vous savez ce qu'ils leur font, aux visons, pour récupérer leur fourrure ? disait un garçon avec un catogan graisseux.

La petite troupe laissa émaner un murmure d'ignorance.

– Ils les gazent !

– Auschwitz ! constata une fille maigre comme un clou.

– Qu'est-ce qu'on vous disait ? gronda un étudiant que Simon avait repéré comme l'un des remueurs patentés d'assemblées générales. Ils expérimentent sur ces pauvres bêtes. Et après ce sera sur nous.

– Auschwitz ! dit la fille, qui commençait à rouler une cigarette d'un air sagace.

Il y eut des tirs sporadiques dans l'enceinte de la faculté. C'était décidément troublant, quand même.

Simon continua à avancer. Cromelatte était là, très serré dans un costume très serré.

– C'est effrayant pour l'image de la fac, lui glissa le chargé de com'. Effrayant.

Des petits hommes à l'air farouche, souvent moustachus, avec des casquettes, des treillis, des bottes en caoutchouc, sortirent du bâtiment central, fusils à la main. C'était assez effrayant, en effet. Ou plutôt incongru, comme une intrusion du vieux monde agricole sur ce terrain en quelque sorte hors-sol que constituait Paris XV dans un département encore hésitant entre la ville et la campagne.

– C'est qui, ces gens ? demanda Simon.

– Il y a eu une décision préfectorale pour autoriser la société de chasse du Beauvaisis à intervenir.

– Bonne idée peut-être, mais ça la fout mal, admit Simon, compatissant.

– Cinq mille nuisibles en train de cavaler partout dans la fac, gémit le vice-président, qu'il n'avait pas vu venir. Cinq mille ! Ils bouffent tout, les câbles, les dossiers, les copies…

– Tu penses que c'est exprès ? demanda Simon.

– Les gendarmes disent que les cages ont été ouvertes cette nuit et les clôtures fracturées. C'est difficile de croire à un accident.

– Le but, c'est de briser le sanctuaire inviolable de l'université, martela Heurtemitte, que Simon n'avait pas davantage vu s'approcher. On fait venir d'abord des tueurs, ensuite la police, ensuite la presse, et on finit avec des fossoyeurs du savoir.

Il y eut une série de tirs du côté de la salle 104. Des bestioles à vrai dire assez mignonnes se carapatèrent vers le canal.

Le téléphone de Simon vibra dans sa poche. Il le sortit discrètement pour lire le message. C'était Monique. Et elle lui écrivait :

Faut que tu viennes !

Simon fit quelques pas de côté et rappela le numéro en chuchotant :

– Qu'est-ce qui se passe ?

– On vient de recevoir par coursier le stylo Montblanc de Bernard. Découpé en rondelles. À la scie à métaux à mon avis. Il y a des gouttelettes de sang. Mais c'est peut-être celui du scieur parce que c'est vraiment mal fait.

– Bon Dieu de bon Dieu ! dit Simon. Il y a un message ?

– Très clair, cette fois-ci. Et signé Zaïtsev.

– Ils ont dû le lui extorquer Dieu sait où, ça expliquerait les délais. Il dit quoi ce message ?

– Qu'il faut tout arrêter. Et le prouver par écrit. Mais Ponty est à nouveau dans les vapes depuis qu'il a vu les rondelles de stylo. On attend un médecin.

– J'arrive, dit Simon.

Il allait se fondre dans un groupe qui rebroussait chemin vers la gare du RER lorsqu'il entendit la voix grinçante d'Heurtemitte qui le poursuivait :

– Déserteur ! criait Heurtemitte.

Là, le vieil agitateur qui se voulait l'âme des luttes de Paris XV n'avait pas tout à fait tort. Quitter un bateau qui coule, ce n'est pas bien. Simon ralentit le pas, contrarié.

– Je te dénoncerai aux instances nationales du COLECU, Saltiel !

Là, son vieil ennemi, qui le poursuivait depuis le début de sa carrière par le hasard des affectations, avait tort. La dénonciation, c'était laid.

Simon reprit sa marche vers la station Val d'Ourcq sans plus d'état d'âme. L'une des urgences lui paraissait plus urgente que l'autre, incontestablement.

18. RÉUNION ENTRE AMIS

Ça avait un petit côté reconstitution de ligue dissoute. Ou encore reformation d'un groupe de rock. Ils étaient tous installés dans le vaste atelier surmonté d'une verrière appartenant à l'hôtel particulier d'Alice Collins, avenue Junot. C'était là que son père publicitaire avait amassé une partie de sa fortune et c'était le seul endroit bien équipé et assez grand pour leur permettre de travailler dans de bonnes conditions, puisqu'il était évidemment hors de question d'occuper les locaux de BEST.

Au fond, Simon ne savait pas trop comment l'idée de réunir ses vieux amis du monde académique lui était venue. Bien sûr, il y avait la double menace pesant sur des personnes n'étant même pas ses amis, elles. Borthombe le marchand de paillettes en vrac, Zaïtsev le marchand de concepts en toc, tous les deux vendeurs de vent peut-être plus semblables et finalement plus proches l'un de l'autre qu'il n'y paraissait, tous les deux en danger, peut-être même en danger de mort, quel que soit le jugement qu'on puisse porter sur leurs activités. Par le plus grand des hasards, même si ni Borthombe, ni d'ailleurs sans doute Zaïtsev, ne croyaient au hasard, c'était Simon et lui seul qui pouvait faire le lien entre les deux menaces. Et faire jouer ces menaces comme des couples de forces antagonistes destinées à s'annuler.

Mais pour cela, et c'était le moment où la fameuse idée s'était imposée à lui comme évidente, il fallait un groupe aux talents complémentaires ayant, en quelque sorte, déjà fait ses preuves. Car il y avait peut-être bien aussi de la nostalgie dans cette recherche d'une certaine alchimie entre amateurs de romanesque et rats de bibliothèque, tous persuadés que les mots peuvent changer les choses à condition de savoir les assembler correctement.

Tout naturellement, c'était Étienne Moulineaux, présentement membre du prestigieux Institut universitaire de France, qui avait pris la direction des opérations. Même si, depuis, Simon était obligé de constater que l'éminent professeur se tenait un peu trop souvent à l'étage inférieur, serré sur la banquette en velours aux côtés d'Alice, et exécutant avec elle des pièces à quatre mains sur le piano Bösendorfer. En ce moment même, d'ailleurs, il lui semblait entendre des danses hongroises de Brahms jouées avec un allant du tonnerre.

Beaucoup plus sérieux, quoique visiblement transi d'affection pour une âme perdue, il y avait l'excellent retraité Bourgougnoux, venu de son couvent de l'Aveyron pour participer à une aventure en quelque sorte littéraire. Il faisait équipe avec Monique, dont la syntaxe lapidaire et le maniement du cliché choc le fascinaient, autant que sa dent cassée d'ex-punk. Une fois ce qu'ils avaient à faire expédié, ils envisageaient d'écrire un polar. À quatre mains, eux aussi.

Le pauvre Doutrelombe avait abandonné l'édition d'une anthologie de poésie celtique et débarqué d'Ecosse daredare, car c'était à lui qu'incombait – mesure de son dévouement que tout le monde connaissait – l'établissement des notes de bas de page, du glossaire des concepts zaïtseviens et des abstracts en anglais, tâches très fastidieuses et inévitablement solitaires.

Restait enfin le président André Goulletqueur, monté de Nevers dans un de ses costumes de coupe approximative, qui téléphonait à tour de bras et vaquait avec son sérieux habituel à des questions d'intendance, car président d'université il était, et il fallait bien que ça serve quand même à quelque chose.

Simon s'occupait de tout et de rien. C'était en quelque sorte lui qui avait apporté l'affaire et tous ces messieurs d'un certain âge, qui avaient connu ensemble quelques années plus tôt le frisson de l'action dans une sombre histoire de donation où ils avaient eu le plaisir vengeur de berner les fonctionnaires de l'Éducation nationale, tous ces messieurs lui étaient reconnaissants de s'adonner de nouveau à une sorte de jeu où la finesse devait s'employer à défaire la brutalité.

Alice avait réquisitionné un traiteur chic de la place des Abbesses qui tous les jours apportait des plats succulents, elle s'occupait de l'approvisionnement régulier en champagne et remontait des grands crus oubliés depuis longtemps dans la cave de l'hôtel particulier.

À la suite d'une concertation où tout le monde avait pu s'exprimer démocratiquement après avoir pris connaissance des termes du problème, une sorte de document de synthèse avait été établi par Étienne avec sa clarté coutumière et servait désormais de feuille de route à la petite bande. Il restait scotché sur l'une des vastes fenêtres de l'atelier, à travers laquelle on voyait le Sacré-Cœur, mais tout le monde l'avait en tête et n'y prêtait plus guère attention. On pouvait y lire :

1) Les ravisseurs du patron de BEST exigent dans leur deuxième message l'abandon du projet de biographie autorisée ? On obtempère. Priorité : sauver la vie de Bertrand Borthombe ("quoi qu'on pense de lui" avait été rajouté à la main par un plaisantin). Charge à maître Ponty-Lamanière de communiquer aux ravisseurs un contrat annulant et remplaçant le précédent.

On pouvait aussi déchiffrer un sticker jaune qui avait été apposé sur cet alinéa de la feuille de route : FAIT "coursier scooter passé prendre le pli le 12/5 à 14h15, ramené signé main de Zaïtsev le 15/5 à 10h12".

Il y avait un autre sticker, bleu celui-ci, et d'une autre main anonyme : "Degré de confiance dans Ponty-Lamanière, le grand baveux ? Pourquoi est-il contre prévenir les flics, LUI ?"

C'était incontestablement une bonne question. Mais, d'un commun accord, on la laissait de côté. On avait encore besoin de l'avocat, de sa crinière et de son organe, pour suivre la plainte qui avait été déposée contre l'animateur au nom de BEST par Audrey, qui s'était portée partie civile en raison des dégâts.

On lisait ensuite :

2) Ceux qui veulent la perte de Zaïtsev ne veulent pas d'un ouvrage l'exposant à la lumière ? On publie cet ouvrage, mais pas chez BEST. On le publie très rapidement, on fait jouer les relais qu'on a dans la presse et ailleurs pour avoir du retentissement (pas seulement en France : prévoir résumés en anglais). Priorité : sauver la vie de Iouri Zaïtsev (mention manuscrite : "mais enquêter davantage sur ses activités").

Un sticker vert disait : EN COURS, ce à quoi tout le monde s'employait, dans une atmosphère quelque peu khâgneuse, mais fort industrieuse, avec les ordinateurs portables qui cliquetaient et les imprimantes qui crachaient de l'aube au crépuscule.

Le dernier point de la feuille de route était ainsi libellé :

3) Trouver de l'argent et un éditeur pour sortir ce livre, un imprimeur pour le fabriquer, un diffuseur qui y croie assez pour avoir une bonne mise en place.

Un sticker disait : PRESSES UNIVERSITAIRES DE NEVERS (et une main encore différente avait rajouté : "Elles n'ont rien d'autre à publier, ah, ah…")

Un autre sticker précisait : avance de trésorerie faite par les services de la présidence, EN COURS.

Un dernier précisait : DIFFUSION : ÉTIENNE (et un ultime petit malin avait rajouté : "pas *andante*, l'artiste, *presto, ok ?*")

Bref, c'était une affaire qui roulait.

Mais restaient en suspens quelques points plus ou moins lancinants, plus ou moins liés à l'œuvre en cours, des points sur lesquels il convenait d'être plus ou moins actif.

Le plus simple, par certains côtés, concernait essentiellement Monique, qui avait décidé de faire rendre gorge au spécialiste des esclandres, après avoir vérifié que son contrat était béton. Le déjà richissime animateur télé avait reçu une avance très conséquente de la part de Borthombe. BEST était donc parfaitement dans son droit de publier ce que bon lui semblait, puisque nulle clause concernant le contenu du livre n'avait valeur légalement contraignante.

– Qu'est-ce que tu vas faire? avait demandé Simon, qui avait sa petite idée.

– Tout simplement rétablir la vérité, avait répondu Monique.

– C'est-à-dire, mademoiselle? s'était renseigné Bourgougnoux.

– Je trappe tout le travail de réécriture que je me suis fadé et je reprends texto les propos qui ont été tenus par ceux qui ont été amenés à le fréquenter.

– Non, avait dit Simon, qui connaissait la teneur de certains de ces propos, c'est trop. Impuissant, camé, alcoolo, menteur, radin, phobique, tu te rends compte, Monique?

– C'est bien triste de voir l'état psychologique et surtout moral de ce garçon dont, n'ayant pas la télévision, je ne connaissais même pas le nom, mais qui paraît assez tourmenté, commenta Bourgougnoux, toujours charitable.

– D'accord, mais il faut toujours rester au plus près de la vérité, avait déclaré le pauvre Doutrelombe, parfaitement honnête à son habitude. Ces pratiques d'habillage des propos ne sont pas totalement justifiables.

– Y a-t-il pour autant risque de diffamation en revenant aux *verbatim*? s'inquiéta Goulletqueur, habitué des procès depuis qu'il était président.

– Selon Ponty-Lamanière, non, avait assuré Monique. On a les enregistrements. Tout a été vérifié, double-checké par mes informateurs, confirmé par d'autres sources.

– D'après ce que vous m'avez raconté, je peux vous dire qu'un bouquin non expurgé va faire un malheur, beaucoup plus que la version à l'eau de rose qui était prévue, avait précisé Étienne, toujours avisé lorsqu'il s'agissait de humer le succès littéraire.

– Alors, quand ce M. Borthombe reviendra des limbes grâce à nous, nous pourrons certainement lui demander une contribution significative pour aider les Presses universitaires de Nevers, car *audaces fortuna juvat,* vous ne croyez pas, les amis ?

Cet argument du président Goulletqueur avait pesé lourd dans l'accord collégial qui avait été accordé à Monique. En plus de son travail de scribe avec l'équipe de l'avenue Junot, Monique – de nuit, dans son antre, entre courtepointe à fleurs et restes de nourritures – soufflait donc sur les braises du brûlot qu'elle avait contribué à étouffer.

Autre point délicat, qui touchait plus manifestement Simon celui-ci. La femme de Zaïtsev. L'avait-il trouvée ? Simon faisait semblant d'être plongé dans une recherche sur le Net. Comment s'appelait-elle ? Il se levait justement pour aller griller une cigarette dans le salon du Bösendorfer. Où était-elle ? Là, il prétendait ne même pas comprendre la question qu'on lui posait. Alice, qui servait du champagne à Étienne, le regardait de façon un peu triste et disait : elle est belle ? Simon avait comme un frisson, remontait dans l'atelier pour travailler.

Il était dix-neuf heures et, ce soir comme les soirs précédents, le moment était venu de faire le point, comme disait Bourgougnoux, de se taper un débriefing, comme disait Monique. Et le vieux catho social et la jeune révoltée de rire comme des collégiens de leurs vocabulaires respectifs.

– J'ai trouvé quelque chose sur la manière de procéder de la firme Zaïtsev Consulting annonça modestement le pauvre Doutrelombe.

– Leur *modus operandi ?* suggéra le président Goulletqueur d'un ton gourmand.

– Tu nous racontes ? proposa Étienne, qui jouait toujours les modérateurs dans ces réunions vespérales.

– Je suis tombé là-dessus dans une étude britannique sur la Tanzanie, pays toujours socialiste en théorie, mais, disons, nettement plus baroque dans la réalité. Là comme ailleurs, Iouri Zaïtsev a fonctionné comme il semble toujours fonctionner. Premier contact établi au plus haut niveau par lui-même, en tête à tête avec le chef de l'État, le président, le premier ministre, le chef des armées, ça dépend des institutions et plus souvent encore de la vraie répartition du pouvoir dans des pays souvent opaques.

– Ensuite ? demanda Étienne, qui comme toujours prenait des notes de son écriture précise.

– Livraison d'un pré-rapport assez succinct évoquant diagnostic et remèdes proposés à telle ou telle situation. C'est là où Zaïtsev fait appel à des plumes connues. Parmi elles j'ai noté Mr McGrawth, de Summerville…

– Ah, dit Simon, comme dans un râle.

– Tu as quelque chose qui ne va pas, fiston ? s'inquiéta Étienne, le couvant comme toujours, même si dans le cas d'Alice, la délicieuse pianiste, bon, enfin, il avait plutôt quelque chose à se faire pardonner.

– Non, non, assura Simon. Un type franc comme l'or et sympa comme tout, McGrawth.

– Celui-là a surtout l'air de travailler sur l'Afrique anglophone, commenta Doutrelombe. Mais j'ai aussi relevé des contributions de gens comme Şeref Beyamoglu pour les pays turcophones ou Héloïse de Monasquiel pour les anciennes républiques soviétiques…

– Toujours sans nouvelles d'elle, annonça Étienne. Mais le président de la Humboldt de Berlin, à qui j'ai demandé un appui auprès de l'excellent quotidien *Die Zeit,* m'a rapporté qu'un autre membre du cercle de Zaïtsev ne donnait plus aucune nouvelle depuis plusieurs semaines.

– Von App ? demanda Simon.

– Exactement. Disparu en Transnistrie. C'est curieux, non ?

– Je continue ? demanda le pauvre Doutrelombe.

– Excuse-nous, dit Étienne. On est dissipés.

– Une fois le premier rapport accepté, on passe aux choses sérieuses et coûteuses. Bien entendu Zaïtsev et ses collaborateurs ne se mêlent jamais directement des décisions politiques. Ils travaillent presque uniquement sur l'habillage destiné à l'international, c'est en quelque sorte leur spécialité. Et là, à chaque fois, Zaïtsev laisse pendant un certain temps un homme de confiance pour assurer le suivi en s'entourant d'une petite équipe locale passée par des universités européennes, américaines, plus rarement russes…

– Tu as des noms ? demanda Simon.

Le pauvre Doutrelombe farfouilla parmi les sorties d'imprimante qui s'accumulaient un peu partout dans l'atelier, sur lequel le soir commençait à tomber.

– Oui, oui… J'ai un Demersedjian pour le sous-continent indien… Un Rojas pour l'Amérique latine…

– Saccomano ? demanda Simon.

– Basé à Washington, mais travaillant un peu partout. J'ai également Abdolhassan Bashi dans la poudrière moyen-orientale et Istomin-le-jeune chez Gourbangouli Berdimoukhamedov…

– Je connais par cœur, annonça triomphalement Monique à Bourgougnoux. Et pourtant, Gourbangouli, c'est pas vraiment un people…

– On pourra sans doute utiliser quelques extraits de rapports qui ont été rendus publics par Zaïtsev pour séduire des investisseurs, des organismes internationaux et même des ONG. J'en ai un, par exemple, expliquant comment la croyance au maraboutage peut être utilisée afin de développer le microcrédit bancaire. C'est assez astucieux, conclut Doutrelombe, en extrayant un feuillet aux couleurs vives pour le montrer aux autres.

– Très bien, approuva chaleureusement Étienne. D'autres trouvailles, aujourd'hui ?

Simon avait le nez en l'air et sa mèche blonde lui balayait les yeux sans qu'il paraisse s'en apercevoir. Mais il se redressa sur son siège situé en bout des tréteaux de fortune autour desquels se déroulaient les réunions.

– Oui, dit-il, visiblement assez content de lui. Quelque chose trouvé à partir d'un site d'information sur la Russie basé en Estonie. Une officine du nom de *ISTINA I OTETCHESTVO.*

– Pardon ? dit Goulletqueur, qui ne pratiquait couramment que le latin et le grec.

– VÉRITÉ ET PATRIE, traduisit aimablement Simon. Spécialisés dans la mise au pilori des médias plus ou moins indépendants, des journalistes considérés comme trop curieux, des intellectuels critiques, des associations de défense. Bref, tout ce qui est susceptible de gêner la fameuse verticale du pouvoir. Ils payent des gens pour lancer des rumeurs, des choses de ce genre. Mais, c'est du moins ce que prétendent les Estoniens, on dit que VÉRITÉ ET PATRIE ne recule pas davantage devant les kidnappings d'opposants…

– Ah, dit Monique.

– Pas davantage devant les faux accidents de la circulation, généralement causés par un puissant 4x4 ou un motard casqué qui s'enfuient aussitôt…

– Oh, oh, dit Étienne.

– Il y a même eu des empoisonnements à l'étranger…

– C'est shakespearien, médita Doutrelombe, le spécialiste de littérature anglaise.

– Et savez-vous qui est le patron, ou le prête-nom, on ne sait trop, de cette officine ?

– Dis-nous ça, mon petit Simon.

– L'honorable professeur Arkadi Liebed, hiérarque du PCUS sous Andropov puis sous Tchernenko, mais pas sous Gorbatchev. Celui-là même que j'ai eu l'honneur de rencontrer à l'université Lomonossov où, chose étrange, il occupe le bureau de son ancien disciple Zaïtsev.

– Fabuleux, s'extasia sincèrement Étienne.

– Une dernière chose, la cerise sur le gâteau, ajouta Simon, très cool. Savez-vous qui est depuis à peine deux semaines le conseiller juridique de VÉRITÉ ET PATRIE pour l'Europe de l'Ouest ?

– Je le sais, hurla Monique, dressée sur sa chaise, je le savais, je l'ai toujours su, je l'aurais su même si vous n'aviez pas voulu que je le sache !

– Monique, voyons, mon enfant, votre maniement des temps est superbe, dit Bourgougnoux en prenant sa longue main maigre, mais il faut vous calmer.

– Eh oui, maître Ponty-Lamanière, lâcha Simon, visiblement satisfait.

Rien à dire. Il avait marqué un grand coup. Tout le monde resta un moment silencieux, digérant, chacun à sa façon, ces nouvelles sensationnelles qu'il allait falloir mettre en forme à la vitesse grand V.

– Personne ne demande rien à propos de Bertrand ? finit par dire Monique, tout à fait calmée. J'ai l'impression que vous vous en fichez, de le savoir entre les mains de types pareils.

– Si, Monique, s'excusa Étienne. On demande.

– Eh bien il n'y a toujours rien, bouda Monique. J'ai vérifié auprès de cette pétasse d'Audrey…

– Monique, tout de même, s'interposa Bourgougnoux, je ne connais pas cette jeune femme, mais c'est un terme un peu rude, quoique amusant.

– Et moi, on ne me demande rien non plus ? intervint le président Goulletqueur. *Auri sacra fames !* estime-t-on peut-être dans cette assemblée ?

– Pardonne-nous, dit Étienne. Chercher des sous n'a rien d'infamant. On t'écoute.

– J'ai décroché une subvention pour publier nos travaux auprès de la Société de valorisation de la recherche. Comme tout le monde pense qu'ils ne veulent rien donner, ils ont des tas de reliquats et, *nolens volens,* ils ont fini par m'en lâcher un bout.

– Bravo, président ! lancèrent tous les autres.

– Champagne au salon ? demanda Alice en passant la tête par la porte de l'atelier, plongé dans une quasi-obscurité. C'est l'heure.

– Réunion levée, dit Étienne.

19. ATTENTES

On approchait de la fin du deuxième semestre. Dans un effort parfaitement vain destiné à rattraper toutes les journées et les semaines perdues, on cravachait ferme à l'université du Val d'Ourcq.

Tout le monde était d'accord, professeurs et maîtres de conf', étudiants grévistes ou jaunes, syndicalistes comme mandarins, belles fêtardes fardées et petites souris grises, jeune sarkozyste (il n'y en avait qu'un seul sur le campus), chargé de com' (un seul aussi), le président et ses vice-présidents : il fallait à tout prix passer les examens, comme chaque année depuis 1968 inclus, et ce quelles que soient les béances dans les programmes.

Tout le monde sauf le COLECU, c'est-à-dire Heurtemitte, qui était partisan du boycott *ad vitam æternam,* et avait entamé une grève de la faim près du canal.

Simon faisait donc cours, corrigeait des copies, jouait de temps en temps au badminton avec Diop près de l'élevage de visons saccagé, et avait perpétuellement l'air de penser à autre chose.

Il avait de quoi…

Le premier livre à sortir, sous l'égide des PUN (Presses universitaires de Nevers), mais Dieu merci distribué à titre exceptionnel par une grosse boîte parisienne, reçut un accueil très satisfaisant : bonnes feuilles dans un grand newsmagazine français, un papier avec extraits dans *Le Monde,* une chronique dans *Die Zeit,* une pleine page dans le *Guardian,* avaient amorcé la pompe… Le succès d'estime, les tribunes libres et les controverses inéluctables allaient assurer à *Iouri Zaïtsev, de l'ombre à la lumière* (le titre était d'Étienne Moulineaux) une carrière devant nécessairement – de l'avis unanime – entraîner des répliques politiques jusqu'à Moscou. Comme ses amis, Simon attendait donc des nouvelles concernant l'insaisissable Slave, que le site estonien bien informé disait en résidence surveillée (ou détention plus ou moins provisoire) dans une datcha tenue secrète.

Le second ouvrage, portant tout simplement le nom de l'immense vedette du petit écran auquel il était consacré, avec le sous-titre "*sa vraie vie*", et publié chez BEST, connut d'emblée une fortune commerciale foudroyante malgré l'absence forcée de Borthombe et celle, volontaire, de l'objet du livre, parti en maison de repos vers Zurich. Modeste, Monique refusait toute proposition d'interview, faisant valoir que son patron était souffrant et qu'il s'agissait d'un ouvrage collectif, deux raisons lui interdisant de se mettre en avant. Bourgougnoux approuvait totalement cette modestie mais désapprouvait le contenu du livre, qu'il trouvait franchement dégradant. Inutile de dire que sur ce point, il n'était nullement suivi par le grand public, ravi du déballage crapoteux.

La première personne à réapparaître, sans que l'on puisse savoir si c'était consécutif à la sortie de *Iouri Zaïtsev, de l'ombre à la lumière* ou à une certaine lassitude de ses ravisseurs, fut Héloïse de Monasquiel. Elle arriva profondément endormie sur le pont d'une *şalupe* en bois dérivant vers les quais de la petite ville roumaine de Tulcéa. Amaigrie, mais toujours aussi volubile, elle fit un récit passablement confus de son séjour chez les étranges Lipovènes aux yeux blancs, vivant au centre du delta dans un isolement complet, sous des huttes de branchages. Avec eux, elle avait appris à pêcher la carpe, la brème et même l'horrible silure, sur un îlot émergeant de quelques centimètres à peine au-dessus des flots du Danube. D'après Étienne, toujours bien informé, elle était suivie pour un trouble cognitif curieux, sans doute lié à des efforts de mémorisation outranciers pour lutter contre l'oubli durant son séjour fluvial : elle psalmodiait des noms célèbres à longueur de journée, en les permutant sans cesse : Barthes, BHL, Derrida, Eco, P.B., Balthus, BHL, Braudel, Eco, Derrida... (mais jamais Zaïtsev).

La deuxième personne à rejoindre Paris fut Bertrand Borthombe. Lui aussi avait sérieusement maigri même si, pour autant qu'il sache, il n'avait jamais été plus loin que la cave d'un pavillon en meulière de banlieue. Il y avait été amené par une équipe l'ayant alpagué sur le parking souterrain d'Orly-Ouest, des gens qui incontestablement parlaient russe et ne s'en cachaient pas : cela faisait de toute évidence partie de sa mise en condition. Il avait été ensuite surveillé par deux mastards s'exprimant très bien en français, avec des accents *Mitteleuropa* qu'il ne savait pas trop situer. Ils faisaient paraît-il preuve dans leurs discussions animées d'un bagage culturel qui lui donnait, à lui Borthombe de chez BEST, l'impression d'être dans une réunion éditoriale des Éditions Gallimard. Aussitôt qu'ils seraient débarrassés de lui, les deux balèzes – qui étaient sans aucun doute en service commandé ou en tout cas rétribué – envisageaient de reprendre leurs thèses respectives. Yeux bandés lorsqu'il était en leur présence, mais très correctement traité, il avait été ramené jusqu'au square Boucicaut par un scooter noir dont il n'avait jamais vu le visage du conducteur en casque intégral.

Il alla, le jour même de sa libération : choisir quatre costumes d'été à sa nouvelle taille chez la très chic boutique Arnys, toute proche ; acheter au Bon Marché, en face de ses bureaux, une nouvelle Patek Philippe encore plus chère que la précédente (car les chiffres annoncés de son nouveau best-seller lui permettaient les fantaisies les plus dispendieuses) et un Montblanc encore plus gros que celui qui avait été découpé en rondelles à la scie à métaux par un humoriste balkanique (car il pensait être amené à signer beaucoup d'autres contrats juteux) ; réserver dans une agence de voyages très exclusive de la rue de Babylone une suite gigantesque dans l'un des hôtels les plus kitsch de Dubaï ; et enfin porter son Cy Twombly crevé vers la Bastille, chez un restaurateur de tableaux travaillant pour la Tate Modern. Puis, en soirée, au cours d'une petite fête dans les locaux de BEST, il remercia son personnel pour ce qu'il avait enduré durant son absence en versant à toutes – puisqu'il n'y avait que des femmes très bien de leur personne – une prime confortable avec une mention (et une somme) spéciale pour Monique, qui en fut touchée aux larmes mais lui annonça néanmoins qu'elle allait démissionner pour passer à l'écriture romanesque. Le lendemain, Bertrand Borthombe s'envola pour les Émirats en compagnie d'Audrey, son impeccable assistante.

La troisième personne à refaire surface fut le grand Iouri Zaïtsev lui-même, ainsi que l'avait prévu le petit groupe d'amis – inconnus de lui – ayant mené à bien l'ouvrage chargé de l'arracher à une fin anonyme. Mais bien sûr, on pouvait également considérer que c'était lui-même qui, ayant une fois de plus créé une sorte de fiction à l'intérieur de la réalité avec son projet de biographie chez BEST, avait contribué à préparer sa propre survie. Il débarqua à Londres par un vol régulier d'Aéroflot, en compagnie d'une superbe et gigantesque jeune femme, que l'on disait née en Ukraine et promise à un grand avenir médiatique. Il fut accueilli dans les salons du Savoy par une cohorte d'émigrés russes milliardaires le considérant visiblement comme l'un des leurs.

En spécialiste de la communication, dont il connaissait parfaitement les dangers dans les circonstances délicates, il refusa toute interview aux représentants pourtant teigneux de la presse britannique. Certains d'entre eux ne manquèrent pas de supputer qu'il s'agissait très certainement d'un deal que Zaïtsev avait passé avec ceux qui voulaient l'éliminer des sphères d'influence de la fameuse verticale du pouvoir russe. Ses anciens collaborateurs restèrent tout aussi muets et, à l'exception des deux Américains qui semblaient ne s'inquiéter de rien, ils effacèrent leurs traces avec beaucoup d'efficacité. L'un d'entre eux, un Kazakh du nom de Koustanaï, fut cependant retrouvé mort dans une rue d'Almaty, l'ancienne Alma-Ata.

Étienne Moulineaux s'était remis à son livre sur *Les Marques de l'Art* (ou *L'Art des Marques*, c'était toujours en suspens) mais il s'était surtout remis au piano pour être au niveau des interprétations d'Alice Collins, chez laquelle il avait pratiquement emménagé.

Comme Simon avait lui-même quelque peu déserté son appartement du passage d'Enfer et prenait des airs de conspirateur lorsque Étienne le regardait de façon trop insistante, les tennis et autres activités de loisirs s'étaient faits rares entre les deux amis malgré le temps splendide, dont Simon profitait semble-t-il surtout dans le jardin de sa tante Charlotte, à Arcueil.

Bourgougnoux avait rejoint son abbaye aveyronnaise et trouvé chez l'une de ses cousines une chambre avec du papier à fleurs et une courtepointe pour Monique. Celle-ci lui fit savoir qu'elle allait descendre avec son électrophone et ses disques et qu'elle était prête à entreprendre la rédaction du roman policier qu'ils projetaient tous les deux.

Le pauvre Doutrelombe était reparti en direction d'Édimbourg. Comme c'était lui qui avait rédigé le papier très remarqué pour le *Guardian* et qu'il avait continué ses recherches sur divers réseaux d'influence liés à VÉRITE ET PATRIE-*ISTINA I OTETCHESTVO,* on se mit à le solliciter un peu partout dans les pays anglo-saxons, toujours aussi friands d'informations désagréables en provenance de l'ancienne aire d'influence soviétique. Il commença à être nettement moins pauvre.

Toujours d'après Étienne, on avait signalé la présence de Nikita Krenitzin, alias Raspoutine, dans un sous-sol condamné de la Sorbonne. Mais c'était un simple bruit, auquel il n'accordait personnellement que peu de crédit, ne serait-ce que parce que l'insalubrité bien connue des lieux lui paraissait incompatible avec la préservation d'icônes rarissimes.

Goulletqueur était rentré à Nevers pour terminer l'année universitaire, si possible sans pépin, car il avait tout de même piqué dans la caisse et l'agence de valo – comme on disait – tardait à effectuer le versement promis.

Maître Ponty-Lamanière était en croisière jusqu'à une date indéterminée et son étude était fermée jusqu'à nouvel ordre.

Seul Simon paraissait toujours attendre on ne savait quoi. Et peut-être ne le savait-il pas lui-même.

20. FRAGMENT DE VIE UNIVERSITAIRE

Simon sortit de la salle 104, où il surveillait des épreuves écrites qui touchaient à leur fin, pour fumer une cigarette le long du canal. Au loin, émergeant de sous une tente défraîchie, il apercevait les pieds de Heurtemitte, alimenté par un goutte-à-goutte qu'avaient imposé les services d'hygiène et sécurité s'il devait rester sur les lieux, comme il le souhaitait. Pauvre Heurtemitte…

Une fois de plus, Simon pensait à autre chose. Cette autre chose, c'était évidemment Louise, dont on pouvait estimer qu'elle n'avait plus de raison de rester cachée avec Maxime chez sa tante Charlotte, où elle avait trouvé refuge tant que la situation demeurait menaçante.

C'est en tout cas ce qu'avait décidé Louise elle-même, qui lui avait annoncé une surprise pour aujourd'hui. Comme toujours quand il pensait à elle, Simon était en proie à des sentiments d'une force telle qu'il se mettait presque à trembler d'impatience en attendant de sentir le corps de Louise contre le sien, de sentir son odeur qui maintenant était un peu aussi celle du jardin d'Arcueil où poussaient des pivoines.

La réunion plénière des enseignants de Paris XV avait été convoquée très précisément la veille de la fermeture estivale des locaux de la fac, à la fois pour entendre les conclusions de l'audit commandé au cabinet Barney's de Londres, et pour éviter des réactions en chaîne potentielles. Son début était prévu dans quelques minutes, salle des Actes, aménagée et désinfectée pour la circonstance.

On commençait d'ailleurs à voir des petites silhouettes, en costumes gris ou bleus, avec des cartables gonflés de copies et de mémoires à lire, se dirigeant vers le grand escalier qui y menait. Il y avait également quelques shorts et pantacourts arborés par des enseignants qui estimaient indubitablement avoir fini leur année et avaient souvent les mains maculées de terre, de cambouis ou de ciment rapide. Le président, flanqué de ses trois vice-présidents revigorés par l'idée que leur chemin de croix personnel touchait provisoirement à sa fin, arrivaient du secrétariat en compagnie du chargé de communication, vêtu d'un complet clair de type très près du corps.

Une limousine aux vitres teintées qui devait être celle du cabinet Barney's était garée sur ce qui avait été un massif de roses, moteur tournant sans bruit pour alimenter la clim.

Simon s'aperçut qu'Heurtemitte s'était mis debout difficilement devant sa tente, chancelant en s'agrippant à la potence à roulettes de son goutte-à-goutte. Même à une certaine distance, il sentait très mauvais.

– Ça va ? lui demanda Simon, voyant bien que non, ça n'allait pas.

– Tu vois, Saltiel, coassa l'unique représentant plus ou moins vivant du COLECU, aujourd'hui, ça va être la fin.

– La fin de quoi ?

– La fin d'une fac de lettres telle qu'on la connaissait en France.

– Elle ne marchait pas si bien que ça, cette fac.

– Allons donc ! C'est parce qu'elle ne servait à rien qu'elle était utile aux jeunes esprits. C'est parce qu'elle ne rapportait rien qu'elle était riche de ses savoirs. C'est parce qu'elle était contre tout ce qui est pour qu'elle servait à quelque chose dans un monde où il faut toujours être positif.

C'était étrange, cette espèce de dignité exaltée émanant d'un malheureux clochard émacié que Simon avait si souvent trouvé ridicule, quand il ne le trouvait pas odieux.

– Tu veux venir à la réunion ? demanda-t-il à Heurtemitte.

– Pas la force, murmura Heurtemitte.

– Je te porte, si tu veux, proposa Simon.

Heurtemitte fit oui de la tête, sourit en laissant apparaître ses dents noires. Et Simon l'empoigna avec le goutte-à-goutte pour escalader les escaliers.

Tout le monde était pratiquement installé dans la vaste salle aux boiseries marquées de traînées d'humidité, en dépit de la remise à niveau minimale des services d'entretien menés par le vieux Canterel.

Ils s'installèrent de guingois près de la porte du fond au moment où le président prenait la parole.

– Mesdames, Messieurs, chers collègues et, j'ose le dire en dépit des différends qui nous ont parfois éloignés, chers amis, l'année a parfois été délicate mais, une fois encore, notre résilience a permis d'arriver, si ce n'est à la terre promise, du moins à bon port.

C'était fleuri et il y eut quelques murmures peu flatteurs dans le public. Comme les circonstances étaient exceptionnelles, le silence prédomina néanmoins.

– Nous savons tous que, si nous souhaitons nous agréger à des programmes d'excellence, nous devons, même s'il nous en coûte, envisager un *aggiornamento* de nos cursus, de nos méthodes, de notre gouvernance.

La bronca faillit enfler davantage encore. Mais même les enseignants en pantacourt qui rêvaient de retourner à leur jardinet ingrat, à leur mobile home d'occasion ou au carrelage de leur salle de bain, même les sportifs en short venus en VTT voulaient entendre ce qui allait suivre.

Le président, qui s'était concerté avec ses vice-présidents, était décidé à jouer gros dans l'espoir de préparer le terrain à quelque réformes que réclamaient divers organismes chargés de contrôler, menacer et, mieux encore, disqualifier un certain nombre de formations. Il se lança donc astucieusement, sur le mode de la dénégation (il avait eu largement le temps de réfléchir à la manière de présenter les choses tandis qu'il récupérait à la clinique de la MGEN), dans un catalogue à faire frémir une assemblée qui, tout de même, avait sacrifié une partie de sa jeunesse à maîtriser des disciplines dont on lui expliquait désormais qu'elles ne servaient plus à rien.

– Je sais que des rumeurs courent selon lesquelles nous envisagerions, moi-même ainsi que mon équipe, et au premier chef mes vice-présidents dont le dévouement est exemplaire comme chacun le sait ici, que nous envisagerions de transformer certaines de nos licences ou de nos masters de façon à les rendre plus attractifs sur le marché de l'emploi. Il est vrai, par exemple, que l'histoire des entreprises françaises n'a pas la place qu'elle mérite dans nos programmes…

Il y eut un "oh" étouffé et le goutte-à-goutte de Heurtemitte se mit à tintinnabuler.

– Il est vrai que nous pourrions repenser notre enseignement de géographie dans la mesure où une chaire financée par Google Maps serait susceptible d'être créée dès la rentrée…

Un "ah", qui ressemblait à un souffle d'asthmatique, s'éleva du coin où s'étaient regroupés les géographes, pourtant assez terre à terre en général.

– Il est certain qu'un module d'éthique des affaires pourrait être introduit en philosophie avec l'appui du Medef du Beauvaisis…

Là, c'était un râle d'agonisant qui s'élevait dans le tout petit coin des philosophes, très chenu et se comptant sur les doigts de la main depuis qu'aucun collègue parti en retraite n'avait été remplacé en quinze ans.

– On pourrait bien sûr évoquer l'intérêt d'une étude des séries télévisées en lieu et place de certaines approches littéraires incontestablement vieillies ; l'histoire de l'art serait très légitimement susceptible de se focaliser sur l'évolution de la réclame et de la publicité ; la psychologie gagnerait certainement en efficacité en faisant appel à des enseignants associés issus des ressources humaines dans les firmes du CAC 40 ; nos enseignements de ressources culturelles et intervention sociale augmenteraient considérablement leurs débouchés en travaillant à la protection de la propriété intellectuelle en liaison avec des industriels de la musique et de l'image qui nous ont fait des offres en ce sens. En contrepoint, de façon à préserver la précieuse neutralité idéologique qui doit être celle de l'*alma mater,* il conviendrait également de développer des études de sociologie départementale exclusivement assurées par des représentants de ces minorités visibles qui font la richesse du Beauvaisis et nous permettraient sans aucun doute d'obtenir des subsides du Conseil général. Certains suggèrent enfin que l'anglais pourrait être adopté comme langue d'enseignement principale, afin d'attirer des étudiants étrangers dont les contributions financières seraient seules à même de nous autoriser à remettre à niveau notre patrimoine immobilier…

C'était désormais un silence de mort qui régnait sur l'assemblée, les yeux clignaient follement, les têtes rentraient dans les épaules, les épaules s'affaissaient sur les côtes, les ventres tombaient sur les cuisses, les jambes tremblotaient, les pieds gonflaient. On avait l'impression d'être recalé au certif ou au BEPC tellement on était considéré comme nul. Bref : la bonne vieille combativité universitaire, d'autant plus virulente que les luttes étaient généralement perdues d'avance, était réduite à rien. On se prenait presque à regretter, même dans les rangs les plus conservateurs de l'assemblée, que les représentants des syndicats étudiants et les meneurs d'Ourcq en Luttes ne soient pas présents pour flanquer le souk.

– Qu'est-ce que je t'avais dit, Saltiel ? miaula Heurtemitte d'une voix très faible. C'est la fin. La fin de tout.

C'était peut-être bien vrai. Mais le président continuait :

– Tout cela, Mesdames, Messieurs, chers collègues, chers amis, ne constitue bien entendu que de simples hypothèses d'école que la plus large concertation devra infirmer ou valider le moment venu. Mais, afin de nous préparer à des changements devenus inéluctables, je suggère que nous commencions par l'un de ces travaux pratiques auxquels nous sommes tous si attachés... en dépit de leurs taux de rémunération particulièrement faibles... ah, ah, ah... rions-en plutôt ensemble n'est-ce pas... et que nous en profitions pour rafraîchir nos souvenirs parfois lointains d'échanges linguistiques... ah, ah, ah... Je laisse donc la parole à M. Cromelatte, dont nous connaissons tous l'énergie, l'efficacité, je dirais même la vision...

Le chargé de communication, super serré dans son costard et ses convictions, se leva et attaqua son petit speech avec détermination. Il parlait anglais avec un optimisme déconcertant, en dépit d'un accent qui imitait inconsciemment celui de Peter Sellers imitant consciemment un Français prétendant parler anglais.

– *I am appy to welcome ere our frrriends frrrom ze famous cabinet Barrrney's and Barrrney's. It iz Desmond Barrrney imself, son of the founder of Barrrney's, who iz responsible of ze study concerning our institution and I will let im expose ze metod zey will use. Sank you, Desmond.*

Sorti de sa limousine, le jeune Desmond Barney fit son apparition. Il avait la peau rose, l'œil bleu, un sourire ravi et un costume extrêmement près du corps fort bien coupé, qui faisait malencontreusement ressembler celui de Cromelatte à ce qu'il était : un sac.

– *Ladies and gentlemen, I'll be brief. Synergies, efficiency dynamics, critical mass, team energy, applied objectivity and targeted focus : such are the items our report concerning your institution plans to implement.*

– What ? chuchota Heurtemitte.
– T'en fais pas, dit Simon. C'est de l'anglais *corporate.*
– What ? gémit Heurtemitte.
– Du jargon pour embarbouiller le client.

Dans le public, les yeux s'étaient fermés, les bouches pincées, les oreilles tendues. Le président lui-même paraissait sur le point de devoir retourner dans sa clinique de la MGEN, tant il se tortillait sur sa chaise. Les vice-présidents se rongeaient les ongles. Le vieux Canterel semblait sommeiller sagement dans un coin. Seul Cromelatte souriait aux anges. Rien que par la magie du verbe oxbridgien du fils Barney, la modernisation drastique de l'université du Val d'Ourcq était en marche, pour lui, c'était sûr.

Le beau et frais garçon britannique poursuivait :

– *Under the present contingency, if we pursue the premises stated in the report, we can foresee a significant reversal of the trend towards achieving targets in the forecast and offer a unique market opportunity to your institution...*

– What ? bredouilla encore Heurtemitte, qui paraissait totalement épuisé.

Des graphiques hérissés de flèches et de formules mathématiques s'affichèrent sur un écran.

– C'est quoi, ce truc ? gémit Heurtemitte.

– Des *slides,* mon pauvre vieux, pour faire sérieux, maintenant, il y a toujours des *slides.*

– What ?

Il y eut un bruit furtif derrière Simon.

Quelqu'un lui tira la manche en disant :

– Viens, maman t'attend dehors.

C'était Maxime.

C'était la surprise.

Sans bruit, Simon s'apprêta à quitter la salle, dont émanait une odeur âcre de sueur, de résignation, d'incompréhension. Des mots flottaient sur l'écran au-dessus de l'assemblée tétanisée… *rationalized channels… global focus… key events… strategic groups…*

Dehors, il faisait un temps superbe et Louise, garée sur l'autre flanc de ce qui avait été un massif de roses, l'attendait, au volant d'une très belle auto.

Derrière, il y eut soudain des cris.

– Le projecteur Power Point brûle !

– *We shall all be burning soon, anyway !*

– What ?

Maxime l'entraîna par la main.

Ils roulaient dans un silence parfait sur l'autoroute en direction de Calais. Maxime dormait tranquillement à l'arrière.

– Avec ta tante Charlotte, on t'a préparé un sac de voyage, juste le nécessaire pour les premiers jours. Ça faisait partie de la surprise.

– C'est gentil, dit Simon.

– Elle m'a aussi appris à faire un pâté en croûte, il est dans un panier avec les premiers radis du jardin.

– Bonne idée, dit Simon. Et on va où ?

– Les îles Hébrides ? Ça m'a toujours tentée.

– Moi aussi, dit Simon, c'est un endroit attirant.

Il y eut un silence. D'une petite voix, Louise finit par dire :

– Avant de monter là-haut, si ça ne t'ennuie pas trop, on va passer par Londres pour dire bonjour à quelqu'un.

– Tu es sûre ? demanda Simon.

– Pour Maxime, oui. Pour toi aussi, si tu veux. Iouri sait ce qu'il te doit.

– Il ne me doit rien. Je n'ai pas fait ça pour lui. Ni pour Borthombe, d'ailleurs. À vrai dire, je me demande pourquoi je l'ai fait.

– Ta tante pense que tu l'as fait pour échapper au Val d'Ourcq.

– Au départ, c'était surtout pour 25 000 euros, dont je n'ai touché que la moitié d'ailleurs. Et d'ici à ce que je revoie Borthombe…

La puissante voiture progressait sur le ruban infini de l'autoroute, qui coupait d'immenses étendues alternant le vert pâle du blé et le lin commençant à bleuir.

Simon continua :

– Après, je crois que je l'ai fait pour mes amis, pour être à la hauteur, pour le fun peut-être.

Louise le regarda en coin de ses yeux dorés, tout en restant concentrée sur sa conduite.

– Tu ne vas pas t'ennuyer, avec nous ? Une mer triste ? Des alignements de mégalithes comme ceux de la MSH ? Une cuisine exécrable ? Un gamin qui ne pense qu'au foot ? Une traductrice de langues rares qui n'est plus une jeune fille ?

Simon mit sa main sur la cuisse ronde et fraîche de Louise.

– Non, dit-il, très ferme. Je ne m'ennuierai pas. Parce que tout ça, au fond, je l'ai fait pour toi. Même quand je ne le savais pas encore.

Octobre 2010

DU MÊME AUTEUR
(sélection)

ROMANS

Les Prédateurs enjolivés, R. Laffont
ZAC, Grasset
Rendez-vous en ville, Flammarion
L'Or du zinc, Albin Michel
Petits crimes contre les humanités, Métailié

BANDES DESSINÉES

Avec Jean-Claude Mézières :
Valérian (22 tomes), Dargaud

Avec Enki Bilal :
La Croisière des oubliés, Casterman
Le Vaisseau de Pierre, Casterman
La Ville qui n'existait pas, Casterman
Les Phalanges de l'Ordre noir, Casterman
Partie de chasse, Casterman

Avec Annie Goetzinger :
La Demoiselle de la Légion d'honneur, Dargaud
La Voyageuse de petite ceinture, Dargaud
La Sultane blanche, Dargaud
Agence Hardy (6 tomes), Dargaud

Avec Jacques Tardi :
Rumeurs sur le Rouergue, Gallimard

Avec Daniel Ceppi :
La Nuit des clandestins, Humanoïdes Associés

Avec François Boucq :
Les Leçons du professeur Bourremou, Audie

Avec Jean Vern :
La Maison du temps qui passe, Dargaud

Avec Max Cabanes et Philippe Aymond :
L'Homme qui fait le tour du monde, Dargaud

Avec Alain Mounier :
Mourir au paradis, Dargaud

Avec André Juillard :
Le Long Voyage de Léna, Dargaud
Léna et les trois femmes, Dargaud

LIVRES ILLUSTRÉS

Avec Enki Bilal :
L'Étoile oubliée de Laurie Bloom, Autrement
Cœurs sanglants, Casterman
Le Sarcophage, projet pour un musée de l'Avenir, Dargaud

Avec Jean-Claude Mézières :
Lady Polaris, Autrement
Adieu rêve américain, Dargaud

Avec Annie Goetzinger :
Le Tango du disparu, Métailié

"*Les Correspondances de Pierre Christin*", Dargaud

CINÉMA

Bunker Palace Hôtel (avec Enki Bilal)

Cet ouvrage a été composé par
Atlant'Communication
au Bernard (Vendée)

Impression réalisée par Corlet Imprimeur

en janvier 2011
pour le compte des éditions Métailié

Imprimé en France
N° d'édition : 24162001
Dépôt légal : mars 2011